천국에서 그대를
만날 수 있다면

TENGOKUDE KIMINI AETARA
by Natsuki Iijima

Copyright ⓒ2004 by Natsuki Iijima All rights reserved.
Original Japanese edition published by Shincho-Sha Co., Ltd.
Korean translation rights arranged with Shincho-Sha Co., Ltd.
through Shin Won Agency Co., Seoul.

Korean translation rightsⓒ 2005 by Innerbook publishing Co.

이 책의 한국어 판 저작권은 신원 에이전시를 통한
일본의 Shincho-Sha와의 독점 계약으로
도서출판 이너북이 소유합니다.
저작권법에 의하여 한국 내에서 보호를 받는 저작물이므로
무단전재와 무단복제를 금합니다.

Tears in Heaven
천국에서 그대를
만날 수 있다면

이이지마 나츠키 장편소설
김난주 옮김

이너북

Tears in Heaven

words and Music by Eric Clapton and Will Jennings
© 1991 E. C. Music Ltd and Blue Sky Rider Songs, USA
Warner/Chappell Music Ltd

Tears in Heaven

Words & Music by Will Jennings & Eric Clapton
©1992 by IRVING MUSIC, INC.
all Rights Reserved. Used by Permission.
Print rights for Japan controlled by Shinko Music Publishing Co.,Ltd.
JASRAC 出 0409099-401

천국에서 그대를 만난다면
그대는 내 이름을 기억해 줄까
천국에서 그대를 만난다면
우리 두 사람 사랑은 변함이 없을까
나는 꿋꿋하게 미래를 걸어갈 거야

상심할 때도 있고
포기하고 싶을 때도 있겠지
부서질 듯 마음이 아플 때도 있을 거야
그런 때는 기도하듯 애원해
마음이 원하는 대로 될 거야

에릭 크렙튼 〈Tears In Heaven〉

프롤로그

사랑하는 리사에게

어제 니노미야 선생에게 여름 무역풍이 불 무렵에는 이 세상에 없을 것이라는 선고를 받았어. 일이 당신이 염려하던 대로 되고 말았군. 선암과 췌장암은 진행 속도가 아주 빨라서, 발견을 해도 이미 때는 늦어 현대 서양 의학의 힘으로는 도저히 어쩔 수 없는 모양이야. 나 역시 그런 환자들 중 한 명이 된 것이지. 마지막으로 선생은 삶의 질을 유지하면서 인생을 즐기라는 말을 하더군.

이제 겨우 삼십대 중반인데……. 인생을 아직 절반도 살지 않았는데, 왜 죽어야 하는지 분노와 절망감에 어쩔 줄 모르겠어. 술, 담배도 하지 않았고, 나름대로 열심히 살았는데, 왜…….

켄트와 사라는 이제 겨우 유치원생인데, 둘이 어른이 될 때까지 앞으로 15년은 더 살고 싶은데.

하지만 이런 것이 운명인지도 모르겠어.

나만의 성이 갖고 싶어서, '사업이 궤도에 오르면 사자'던 당신의 충고를 무시하고 충동적으로 사고만 우리 집, 이른 아침의 서핑, 일본식 레스토랑 경영, 이제 이 모든 것이 허튼 꿈이 되고 말았군. 그리 집착하지 않아도 좋았을 것을…….

리사, 당신에게 털어놓고 사죄하고 싶은 일이 많아. 당신은 듣고 싶지 않겠지만, 이렇게라도 하지 않으면 내 가슴이 찢어질 것 같아. 당신은 내가 좋은 남편과 좋은 아빠로 남기를 바라겠지만, 죽음을 앞둔 지금이라도 사죄를 하지 않으면 죽어서도 눈을 감지 못할 거야.

당신을 만날 당시 난 벌써 한물 간 서퍼였어. 하와이에 살면서 패밀리 레스토랑에서 부담 없는 아르바이트나 하고 서핑을 즐길 수 있으면 행복할 것이라고 믿었어. 따뜻한 섬나라에서 느긋하고 편하게 살 수 있을 거라고 말이야.

내가 꼬질꼬질한 서퍼 동료들과 함께 하와이의 마우이를 찾은 것까지는 좋았는데, 파도가 높은 후키파에는 들어가지 못하고 와이레아의 쇼어브레이크에서 참방거리며 파도 타는 흉내나 내던 때의 일, 당신 기억나? 감색과 하얀 무늬의 소박하면서도 세련된 비키니를 입고 물놀이를 하던 당신과 눈이 마주쳤던 그 순간을…….

일본계 3세인 당신은 하와이 여자와 일본 여자의 아름다움을 겸비한 매력적인 여자였지. 게다가 향기로운 프르메리아 같은 청순함과 싱그러움을 발산하고 있었어. 당신을 보는 순간 내 온몸이 축 늘어지면서 서프보드가 사타구니에서 공중으로 휙 빠져나가고 말았을 정도였으니 말이야.

하와이 내학에 다니는 학생으로, 여름방학을 이용

해서 친구들과 마우이로 놀러왔다는 당신을 디너에 초대했을 때는, 그야말로 하늘을 나는 기분이었어. 그 기분을 뭐라 표현하면 좋을까, 마치 내가 케리 슬레이터처럼 용감무쌍하게 노스의 파이프라인 튜브에 들어가 있는 듯 흥분된 기분. 평소 바다에서 나올 때와는 반대로 쫙 편 가슴에 자부심이 넘쳐흘렀지.

그 날 디너파티 장소는 와이레아의 골프 코스에 있는 컨트리클럽 다인이었지.

하룻밤 자는 데 10달러하는 싸구려 방갈로에서 가난뱅이 동료들과 함께 지내던 나는 서둘러 카프마누 쇼핑센터의 메시즈로 달려가 일본을 떠날 때 슬쩍해 온 아버지의 신용카드로 구두와 알로하 셔츠를 사서 단장을 하고, 아비스에서 무스탕 오픈을 빌렸어.

그 날의 디너.

당신은 1세기 전에 일본에서 이민 온 할머니 할아버지들의 고생담과 일본계라지만 3세나 되고 보니 일본말도 할 줄 몰라 일본계 미국인이 되고 말았다는 얘기, 영어를 할 줄 모르는 할머니가 가여워서 하와이대학에 진학해 일본말을 열심히 배워 마스터했다는 얘기를 해 주었지. 나 역시 일본에서는 유명한 프로 서퍼라서 스폰서도 많고, 쇼난의 바다가 보이는 콘도에서 살고 있고, 보드는 제자들이 들고 다니고 나는 포르쉐 카레라 오픈을 타고 일본의 각종 대회를 누비고 다닌다는 등 많은 얘기를 했지.

웨스트 마우이의 바다, 모로키니 섬 옆으로 천천히 기우는 오렌지 색 거대한 태양을 바라보면서, 나는 데킬라 선 라이즈, 당신은 마이타이를 마시면서 말이야.

문득 돌아보았을 때 사방은 벌써 캄캄하고, 레스토랑을 둘러싼 토치 버너의 불길이 부드럽게 우리 둘을 감싸고 있었어. 머리 위로는 무수한 별들이 마치 우리 두 사람의 미래를 축복해 주듯 반짝였고. 나는 밤하늘을 올려다보면서 자연의 아름다움과 장엄함, 고요함에 뭐라 말을 할 수 없는 지경이었어.

장엄한 자연을 빚어낸 창조주가 수억의 남녀가 사는 이 지구에서 나와 리사를 선택해 맺어준 듯한 신성한 기분이었지.

일본에 돌아와서도 나는 하루가 멀다 하고 당신에게 편지를 보냈지(실은 대필이었지만).

그리고 당신은 막 배웠다면서 나보다 격조 높은 일본말로 답장을 보내 주었고. 대학에서 있었던 일, 하와이란 섬에 대한 것, 백인 사회의 얘기를 담아서.

나는 서핑 대회에서 맹활약을 했다는 얘기, 스폰서가 너무 많이 붙어 골치 아프다는 얘기, 일본의 계절과 쇼난의 바다 얘기를 구구절절 늘어놓았지.

그리고 1년 후, 우리는 드디어 맺어졌어. 진심으로 기뻤고, 그 날은 내 인생 최고의 날이었어.

하지만 리사, 용서해 줘.

나는 성공은커녕 프로 서퍼도 되지 못한, 그저 바다를 동경하면서 아르바이트로 먹고 사는 한심한 놈이었어. 전문가들이 모이는 이나무라 바다 같은 곳에는 절대 들어가지 못하는 겁쟁이였어.

항상 마초 같은 사내들이 운집하는 이즈의 게이 비치에서 가끔씩 부서지는 큰 파도(파도라기보다 거품에 가까운)에 만족하는 사내였어. 그저 보드를 타고 수평선을 바라보면서 흥분하는, 파도의 진면목은 한 번도 맛보지 못한 풋내기 서퍼였어.

 리사, 나는 당신에게 무수한 거짓말을 했어.

 우리 두 사람은 하늘이 맺어준 인연이라고, 천생연분이라고 그런 허무맹랑한 소리를 몇 번이나 했지만, 그건 다 거짓말이었어. 나는 미국 사람인 당신과 결혼하면 자동적으로 그린카드를 받을 수 있다는 것을 알고 있었고, 당신과의 결혼을 저 정체된 도로처럼 답답한 일본을 탈출할 수 있는 절호의 기회라 여겼던 거야. 패밀리 레스토랑에서 아르바이트나 하면서 사는 생활이 견딜 수 없이 싫었으니까.
 나는 하와이에서 살 수만 있다면, 행복하게 되리라고 믿었기 때문에 그린카드가 반드시 필요했어. 그래서 미국 시민인 당신에게 눈독을 들였던 거야.
 결혼을 하고서도 처음 3년 동안 아이를 갖지 않으려고 했던 것은 다 그 때문이야. 3년이 지나면 헤어질지도 모르는데, 그 전에 아이가 생기면 당신을 떠

날 수가 없잖아. 나는 그 3년 동안 출입국 관리소에서 그린카드가 나오기만을 기다렸어.

리사, 당신에게 사죄할 일이 한두 가지가 아니군.

키스 마크가 찍혀 있었던 그 항공 우편. 친구 나오토에게 가야 할 것이 잘못 온 것이라고 둘러댔지만, 실은 나 그 때 섹시한 브라질 여자와 사귀고 있었어. 카아나파리 비치에서 우연히 만나 말을 걸었더니, 그 날 밤에 하드록 카페에 나타났더군. 브라질 여자는 정말 적극적이더라고. 만난 지 세 시간도 채 안 됐는데, 그 쪽에서 먼저 '내 방으로 놀러오라'고 했을 정도이니. 겨우 열일고여덟이나 됐을까, 아직 어린데도 나올 곳은 나온 쭉쭉빵빵이었어. 나는 그만 당신이란 존재를 까맣게 잊고 따라가고 말았지. 한 때의 충동이긴 했지만.

당신에게는 일본에서 친구가 놀러 와서 귀찮지만 같이 놀아줘야 한다는 둥 얼버무렸지만, 사실은 그 브라질 여자하고 밤낮을 침대에서 뒹굴었어.

당신 얼굴이 떠오르면, 이제 그만 만나야지 하고 생각하면서도 나탈리 얼굴이 떠오르면 나도 모르게 거기가 딱딱해지면서 몽유병자처럼 카아나파리로 발길이 돌아섰어.

 그 주에, 잠을 잘못 자서 어깨가 결린다고 목에 콜셋을 감고 있었는데 실은 그것도 키스 마크를 감추기 위해서였어. 당신은 그런 줄도 모르고 병원에 가보라는 둥 마사지를 받으러 다녀오라는 둥 권했지만.

 나탈리가 브라질로 가버린 후 조금 아쉽기는 했지만 당신에게 들키지 않아 천만다행이라고 여겼어. 그래서 그녀를 까맣게 잊고 있었는데, 정작 나탈리는 내가 정말 마음에 있었는지, 편지에다 키스 마크를 찍어 보낸 거야. 나는 무시하려고 했지만, 그녀에게 싱글이라고 거짓말을 했던 터라 불길한 예감이 들었어. 특히 그 빨간 립스틱의 키스 마크. 나탈리가 어느 날 불쑥 나타나면 어떻게 하나 싶어 나오토를 구슬려 브라질까지 함께 다녀왔지. 당신에게는 친척이 죽어서 일본에 다녀온다고 했지만, 실은 호놀룰

루에서 서쪽으로 가지 않고 마이애미를 경유해서 동쪽 끝에 있는 브라질에 갔던 거야.

나탈리에게는 전후 사정을 설명하고 대신 나오토를 들이밀었지. 다행히 나오토란 녀석 원래가 젊고 팔팔한 여자를 좋아하는 체질인데다 정력도 발군이라 나탈리도 푹 빠져서 나 같은 것은 금방 잊어버리고 말았어.

나오토에게 3백 달러를 쥐어주고는 "이걸로 당분간 브라질에서 지내라"고 귀띔하고 나는 다시 미국 항공을 타고 마우이로 돌아왔어. 이코노미석, 씨름 선수처럼 살찐 아줌마들 사이에 끼여서 열 시간이나 비행기를 타고 말이야. 그 때 기내식이 치킨이었는지 비프였는지, 아무튼 다른 때는 맛없던 기내식이 어찌나 맛있던지.

그 뿐이 아니야, 리사.

뭐라뭐라 이유를 대고는 툭하면 일본을 드나들었는데, 그거 전부 하와이에서 만난 젊은 여자 관광객

들을 만나러 간 거였어.

 일본 여자들은 정말 얼마나 어수룩한지, 호텔 비치 의자에 앉아 웨스트 마우이의 지는 해를 바라보는 그녀들에게 다가가 영어 섞인 일본말로, "노을이 참 아름답군요"라면서 몇 마디 말을 걸면, 해방감 때문인지 아주 쉽게 마음을 열더군.

 영어에 일본말까지 할 줄 아는 일본계 미국 신사인 척 점잔을 떨면서 백인들이 모이는 호텔 레스토랑의 디너에 초대하면, 거의 90퍼센트가 녹아떨어졌어. 하와이에 놀러오는 돈 많은 아가씨들의 사고방식이 의심스러울 정도였지. 자기가 신데렐라라도 되는 줄 아는 것 같더라고.

 당시 그런 여자가 두세 명 일본에서 기다리고 있었어. 내가 일본에는 처음 가는 것이라고 메일을 띄워놓으면, 여자들은 회사까지 쉬어가면서 일본 안내다 뭐다 하면서 환대를 했어. 하코네의 고급 온천 여관에 교토 순례에 가루이자와의 프린스 호텔로 데리고 다녔어.

 물론 모든 돈은 여자들이 지불했지. "엔화를 어떻

게 사용하는 줄 몰라서……"라고 주춤거리면, 그녀들이 "여기는 일본, 내가 사는 나라잖아. 그러니까 내게 맡겨"라면서 말이야.

덕분에 도쿄 디즈니도 가 보았지. 켄트와 사라에게도 구경시켜주지 못한 곳이라 솔직히 뒤가 켕기기는 했지만.

그런데도 그렇게 노는 생활에 미련을 떨칠 수가 없었어.

스물다섯 살에서 서른 살 정도의 여자가 제일 좋더군. 그것도 분별력이 있는 여자. 여자 나이 서른다섯이 넘으면 마음이 조급해지는지, "결혼해 달라는 소리는 안 하겠지만, 당신 아이는 낳고 싶어, 제발 부탁이야"라고 애걸을 하는데, 이런 여자는 요주의 대상.

상대방은 내가 결혼한데다 아이까지 있는 남자라는 것을 전혀 모르고, 나도 배다른 형제를 만들고 싶은 생각은 전혀 없었으니까 말이야. 만에 하나 일이 커지면 성가시기도 하거니와 켄트와 사라에게 뭐라 설명할 말이 없잖아.

그리고 또, 뭘 사과해야 하나······.
 당신을 속인 일이 한두 번이 아닌데, 너무 많아서 생각도 나지 않아.

 미안해, 리사. 난 정말 형편없는 남자였어.
 말기암으로 살날이 얼마 남지 않은 지금에야 당신에게 이렇게 속죄하는 것,
 정말 미안해.

LOVE 슈지
국립 암 센터 중앙 병원에서

"자, 대충 이렇게 썼는데요."
"아주 좋은데요. 과연 편지 가게 준이치 씨로군요. 정말 잘 썼어요."
 슈지 씨는 싱글벙글거리며 감탄하고 있습니다.
 이 일을 시작한 지 몇 달, 나 자신도 솜씨가 나날이 늘고 있다는 것을 느낍니다. 이 편지 역시 자신 있게

내놓을 수 있었습니다.

"나 책도 잘 안 읽고, 문장력도 없는 바보 아닙니까. 게다가 하와이에 오래 살았으면서도 영어 하나 제대로 못 하니. 준이치 씨 같은 사람이 있어서 얼마나 다행인지 모릅니다."

슈지 씨는 알파벳이 A에서 시작해서 Z로 끝난다는 것을 하와이에 가서야 알았다고 할 정도니까, 정말 머리가 나쁜 것 같습니다.

하와이에 가족을 남겨두고, 검사를 받기 위해 혼자서 암 센터를 찾아와 4주 동안 입원하게 된 슈지 씨는 어지간히 따분한지 거의 매일 '편지 가게 Heaven'을 찾아와 초등학생 아이코와 UNO 게임을 하며 놀거나 미국에서 오래 살다 온 어시스턴트 미즈호 씨와 사이좋게 대화를 나눕니다.

슈지 씨가,

"아이코는 하느님은 있다느니 천국에서 다시 만날 수 있다고 하는데, 글쎄 이 아저씨는 잘 모르겠는걸."
이라며 방 구석에 있는 아이코에게 미소와 함께 눈짓을 보냈지만, 아이코는 골이 난 표정으로 팔짱을 끼고 있습니다. 미즈호 씨도 화가 났는지 미간을 찌푸리고 있습니다. 어째 편지 내용이 영 마음에 들지 않는 모양입니다.

슈지 씨는 입을 쩍 벌리고 두 사람이 나가는 것을 보고는,

"뭐 기분 나쁜 일이라도 있었나"라고 중얼거리며 생각에 잠겼습니다.

나는 미즈호 씨나 아이코의 마음을 이해하기는 해도 환자의 심중을 대변하는 것이 일인지라, 어쩔 수 없다고 생각하는 한편 조금은 반성하고 있습니다.

이런 일이 있었던 탓인지 이 날 이후로 '편지 가게 Heaven'에서 슈지 씨의 모습을 볼 수 없었습니다.

제1장
봄의 숨결

 나는 국립 암 센터 중앙 병원의 정신과에서 레지던트로 근무하는 노노가미 준이치입니다. 우연한 계기로 환자들의 마음을 조사하는 일을 맡게 되었고, 지금은 그 일의 일환으로 19층에서 환자들의 편지를 대필해 주는 '편지 가게 Heaven'을 운영하고 있습니다.
 이 병원은 도쿄의 한가운데에 자리한 긴자와 쓰쿠지 시장 사이에 있는 19층짜리 멋들어진 건물. 한 건물에 A병동과 B병동이 있고, 각 층은 소아, 대장, 위, 호흡기 등으로 진료 과목이 나뉘어 있습니다. 건물 남동쪽에는 쓰쿠지 시장이 있어, 이른 아침부터 일하는 사람들의 활기 넘치는 모습을 볼 수 있습니다. 그 왼쪽에는 내가 매일 다니는 나미요케 신사가 있습니다. 그리고 동쪽으로는 높이 솟은 성누가 타워. 남서쪽으로는 도시의 오아시스인 하마 별궁이 있고, 그 뒤로는 레인보우 브릿지가 있습니다. 그 다리가 정말 거대한 무지개였다면, 병실에서 무지개를 바라보는 환자들의 마음에 얼마나 큰 위안이 될까 하고 생각합니다. 대단하지는 않지만 정신과 의사라는 직업 탓인지 그런 생각을 해봅니다.

하기야 이 곳에서 일한 지 불과 몇 달입니다.

10년 전까지만 해도 나는 긴자에서 미용사 노릇을 하고 있었으니까요.

나는 고등학교 시절에는 야마나시 현 내에서 으뜸가는 명문고에 다니면서 도쿄의 유명 대학으로 진학을 꿈꾸는 우수한 학생이었습니다. 그런데 고등학교 3학년 때 어떤 잡지에서 'NIKES'란 말과 조우했습니다. 그것은 'No Income Kids with Education(교육은 받았지만 일자리가 없는 아이들)'이란 말의 약자였습니다. 그러니까 아무리 많이 배워 학력이 좋아도 일자리가 없으면 그만이라는 뜻입니다. 시골에서 나고 자란 내게는 상당히 신선한 단어였습니다. 3학년 때 진학 상담을 하면서 "손으로 하는 일을 하고 싶다. 도쿄에 가서 미용사가 되겠다"고 강력하게 주장했습니다. 선생님은 "일단은 대학에 들어가는 것이 좋다"고 했지만 내 고집을 꺾지는 못했습니다.

그리고 열여덟 살에 상경, 쓰쿠지에 가까운 긴자 5동의 뒷골목에 있는 미용실 '피크닉'에서 일하기 시작했습니다. 오너인 가타야마 씨 부부는 아주 좋은 분이었습니다. 자식이 없어서 시골 출신의 젊은 스태프를 마치 자기 자식처럼 애지중지 대해주었습니다. 그래서 우리들은 동급생들끼리 동아리 활동을 하듯 모두 함께 신나고 즐겁게 서로를 도우면서 열심히 일했습니다.

조직이란 정말 신기합니다. 꼭대기에 있는 가타야마 씨 부부의 인품이 스태프에게 전해지고, 또 새로 들어오는 스태프에게 전염되어 가게 전체의 분위기가 오너의 인품을 닮아가니 말입니다.

"두 분은 어떻게 그렇게 손님에게 친절할 수 있죠?"

언젠가 가타야마 부부에게 이렇게 물어본 일이 있습

니다. 그러자 화분에 물을 주던 가타야마 씨와 고양이 파오에게 먹이를 주던 부인은 얼굴을 마주보고 미소를 지으면서 이렇게 대답했습니다.

"준이치 씨, 그야 손님들이 좋아해 주기 때문이죠. 그러니까 우리도 분발할 수 있는 거예요. 손님은 저마다 바라는 것이 모두 다르니까, 솔직히 모든 손님이 만족하는 것은 아닐 거예요. 우리가 할 수 있는 것에도 한계가 있을 테니까."

"맞아 준이치. 우리가 할 수 있는 범위 안에서 최대한 친절하게, 그리고 첫 손님에게 성심성의를 다하려고 노력해. 그러면 신기하게도 두 번째 손님, 세 번째 손님에게도 온갖 성의를 다해서 봉사할 수 있거든. 그야 물론 인간이니까, 거들먹거리는 손님도 있고 마음에 들지 않는 손님도 있지만, 그래도 나를 죽이고, 내가 봉사함으로써 그 사람이 만족해하면 나 자신도 만족하게 돼. 오늘 하루를 내 인생의 마지막 날처럼 사는 것, 매일이 그래. 좀 부끄럽지만……."

나는 뭐라 대꾸할 말이 없었습니다.

그러고 보니까, 오랜 세월 고등학교 선생으로 일하

면서 포도원을 운영했던 성실하고 강직한 우리 할아버지가 하셨던 말씀도 떠오릅니다.

"준이치, 장래 뭐가 되고 싶은지 정했느냐?"

고등학생인 나는 할아버지의 물음에 늘 고개를 옆으로 저었습니다. 야마나시 같은 시골에서는 하고 싶은 일이 별로 없었으니까요.

그래서 나는 나의 미래를 모색하는 대신 오토바이를 타고 질주하면서 마음을 달래었습니다. 새빨간 혼다 XL 250을 타고 숲 사이로 난 길을 달리다 보면, 그것으로 충분히 즐거웠으니까요.

하지만 할아버지는 늘 이렇게 말씀하셨습니다.

"준이치, 절대로 자신을 위해 일하려 해서는 안 된다. 그리 마음을 먹으면 그 때부터 불행이 시작되는 거야. 나는 제쳐놓고, 가족을 위해, 타인을 위해, 그리고 세상을 위해 도움이 될 수 있는 그런 일을 찾거라. 그런 일을 찾으면, 그 일을 즐겁게 할 수 있도록 연구를 하거라. 편한 일이란 없으니까 말이다. 한 가지라도 즐겁게 할 수 있는 부분을, 사소해도 상관없으니까 하루에 한 가지라도 좋은 일을 찾도록 해라. 그리고 그 작은 일에 만족하는 거야."

할아버지와 가타야마 씨 부부의 말에는 공통점이 있습니다. 할아버지나 가타야마 씨나 그다지 눈에 띄지 않는 타입이지만, 사람을 편하게 만드는 힘이 있었습니다.

그 날부터 '오늘 하루를 내 인생 마지막 날처럼 사는 것', '세상을 위해, 타인을 위해'가 내 생활신조가 되었습니다. 샴푸 때문에 손이 거칠어지고 따끔따끔 아플 때나, 오래 서서 일한 탓에 다리가 저릴 때, 괴로운 일이 있을 때면 중얼거렸습니다. '오늘 하루를 내 인생 마지막 날처럼, 세상을 위해 타인을 위해'라고요. 할아버지 말씀대로 '사소해도 즐거운 일'을 찾으려고 노력했습니다.

그리고 그런 눈으로 세상을 보니 모든 것이 새롭게 보였습니다. 어떤 때는 스태프의 따스한 한 마디가 새삼스럽게 들리기도 하고, 파오의 성실하고 부드러운 눈길과 실내에 놓여 있는 화분의 꽃까지 새롭게 느껴지더군요.

그런데 피크닉 스태프 전원이 늘 기대감에 부풀어 기다리는 일이 있었습니다. 가타야마 부부가 해마다 한 번씩 스태프 전원을 데리고 떠나는 해외여행입니다. 가는 곳은 항상 하와이나 사이판 같은 휴양지였죠.

그 가운데서도 가장 잊혀지지 않는 곳이 뉴칼레도니아. 시골을 떠난 지 3년째 되는 해, 그러니까 스물한 살 때 여행한 곳입니다.

"뉴칼레도니아는 아주 좋은 곳이에요. 올해부터 JAL 직항편이 취항했는데, 지금 클럽 메드하고 조인해서 캠페인을 하고 있는 중이거든요. 오랫동안 프랑스 식민지였기 때문에 휴양지로서도 그만이죠. 프랑스의 젊은 여자 관광객들이 탑리스 차림으로 일광욕을 즐기는 해변도 있고, 남국과 유럽의 분위기를 동시에 만끽할 수 있는 곳이에요!"

'젊은 프랑스 아가씨'와 '탑리스'란 여행사 직원의 말에 젊은 남성 스태프의 마음은 일치단결, 만장일치로 뉴칼레도니아행을 결정했습니다.

일본에서 남쪽으로 8시간. 뉴칼레도니아는 천국에

서 가장 가까운 섬이란 말 그대로 하얗고 고운 모래로 덮인 아담하고 멋진 섬이었습니다. 군데군데 유럽의 건축물도 남아 있고 말이죠.

우리는 안스 바타 해변 끝에 있는 클럽 메드에 묵었습니다.

호텔 안에서는 식사, 마린 스포츠, 쇼 등이 전부 무료고, 전세계에서 모인 재기발랄한 스태프 'GO'들이 낮에는 해변에서 비치발리볼과 마린 스포츠를 함께 해 주고, 밤에는 쇼를 보여주는 등 대접이 극진해서, 우리는 싱글벙글 모드로 지냈습니다.

그런데 안스 바타 해변을 아무리 돌아다녀도 스미다 씨가 말한 탑리스 차림의 프랑스 아가씨들은 볼 수가 없었죠. 피크닉의 스태프들은 꽤 실망하는 눈치였는데, 그렇다고 쉬 포기할 수는 없지요. 영어 회화책을 뒤져가면서 프랑스의 몽페리에라는 항구 도시에서 왔다는 마음 좋은 'GO'의 일원인 프랑소와에게 캐물었습니다.

"웨어 이즈 탑리스? 웨어 이즈 프렌치 세뇨리타?"

엉터리 영어로 물어봤는데, 뜻밖에도 대충 이해를 했

는지,

"아아, 누디스트 비치? 안스 바타 뒤쪽에 있는 레몬 만에 있는데. 르 서프 호텔 바로 앞에서 오른쪽으로 돌면 돼. 걸어서 가면 30분쯤 걸릴 거야. 탑리스는 유럽에서는 아주 당연한 일인데, 일본에서는 보기 드문 일인가 보군."

참 친절한 녀석이었죠.

"한 가지 테크닉을 가르쳐주지. 여기 있는 스노클링 마스크를 들고 가. 동양 남자들이 한꺼번에 몰려오면 상대방도 이상하게 여길 테니까. 이걸 쓰고 스노클링을 하는 척하면서 구경하는 거야. 그럼 의심하지 않을 거야. 아무튼 풍경의 하나처럼 행동하라고."

정말 좋은 녀석이었습니다.

우리는 서둘러 안스 바타 해변으로 걸어갔습니다. 바다에서는 윈드서퍼들이 신나게 파도를 타고 있더군요.

"탑리스! 탑리스! 오 프랑스! 오 프랑스!"

우리는 호령까지 붙여가면서 마치 무슨 훈련을 받기 위해 합숙이라도 하러 온 사람들처럼 발을 맞춰 레몬

만으로 전진, 금방 도착하고 말았습니다.

 레몬만의 해변에서 우리는 바다로 들어가 20미터 정도씩 떨어져 스노클링을 하는 척하면서 몰래몰래 구경했습니다.

 젊은 프랑스 아가씨들의 스타일, 정말 끝내주더군요. 다리는 길지, 엉덩이는 탱글탱글하지, 젖가슴은 크지도 작지도 않지. 건강미란 바로 그런 여자들을 두고 하는 말인 듯싶었습니다. 우리는 그 아름다움에 취해서 간혹 흐려지는 스노클링 마스크를 물에 적셔 닦으면서 들여다보느라 정신이 없었습니다. 각자 마음에 드는 여자를 찍어서 그 여자가 움직이는 방향으로 슬슬 이동하기도 했죠. 모두들 처음 보는 광경에 말을 잃을 정도였습니다.

 내가 정신없이 프랑스 여자를 따라가는데, 갑자기 "꺅!" 하는 여자의 낮은 비명 소리가 들렸습니다.

 무슨 일인가 싶어 얼빠진 표정으로 소리가 나는 쪽을 봤을 때였습니다. 검고 길쭉한 막대기 같은 것이 불쑥 머리 위로 내려오는가 싶더니, 무방비 상태의 미간을 내리쳤습니다. 그 순간, 머리를 손으로 누르면서 보드 위에 쭈그리고 앉는 원피스 수영복 차림의 여자 얼굴이 보이는 듯하다가, 그대로 정신을 잃고 말았습니다.

그게 바로 나츠코와의 만남이었습니다.

정신을 차리고 보니까, 내가 클럽 메드의 침대 위에 누워 있더군요. 우리가 멋지게 해내고 있는지 확인하러 온 프랑소와가 나와 그녀가 탄 윈드서핑의 마스트가 부딪치는 장면을 목격했다고 합니다.

클럽 메드로 졸업 여행을 온 그녀, 아니 나츠코는 처음 해 보는 윈드서핑에 푹 빠졌죠. 그 날은 마침 레몬 만에서 이 섬의 챔피언인 로베르 테리테오에게 개인 레슨을 받고 있던 참이었다고 합니다.

강한 바람을 맞고 있다가 더 이상 견딜 수 없어 세일을 놓는 순간, 마스트가 죽은 거북처럼 둥실 떠 있는 내 머리를 내리친 것이라고 합니다. 하지만 가벼운 뇌진탕으로, 윈드서핑의 세계에서는 흔히 있는 일이라 로베르와 프랑소와가 클럽 메드로 옮겨주었다고 합니다.

그 동안 원피스 수영복을 입은 나츠코는 겁이 나서 훌쩍훌쩍 울었다고 하는데, 그 때도 내 머리맡에서 얼음주머니로 내 머리에 난 혹을 열심히 마사지하고 있었습니다.

갸름한 얼굴에 부드러운 눈길로 나를 걱정스럽게 내려다보던 나츠코, 나는 그런 나츠코에게 한눈에 반하고 말았습니다.

침대 위에서 시간이 영원히 그대로 머물러 주기를 바랐습니다. 두 사람만의 시간을 언제까지나 함께 공유하고 싶었습니다.

그러나 안타깝게도 내 흑심에 찬 바람과는 반대로 사정을 들은 가타야마 부부가 방으로 들어오고 말았습니다.

"준이치, 머리 다쳤다면서? 괜찮아?"

두 사람은 걱정스러운 표정으로 침대 가까이 다가왔습니다. 나츠코는 정말 죄송하다는 듯이 고개를 숙이고, 두 손 모아 사과했습니다.

"제 잘못이에요. 너무 흥분한 나머지, 정말 죄송합니다."

'야, 정말 순수하고 착한 여자다' 하고 감탄하면서 나는 벌떡 일어나 아무 일 아니라는 것을 말하고 싶었지만, 한편으로는 지금 다 나은 척하면 그녀와의 인연은 끝이라는 심정에, 그냥 축 늘어져 있기로 했습니다. 그래서 나는 차렷 자세로 침대에 가만히 누워 있었습니다.

"어머, 혹시 나츠코?"

그 때 가타야마 씨의 부인이 아는 사람이라도 되는 듯 나츠코에게 물었습니다.

"스즈키 씨네 나츠코 아니야?"

나츠코는 어리둥절해하면서 부인의 얼굴을 쳐다보았습니다.

"어머, 혹시 가타야마 씨 부인이세요?"

"그래!"

부인은 반갑다는 듯이 나츠코의 어깨를 탁탁 쳤습니다.

"정말 오랜만이다. 이제 어른 다 됐네. 웬 아리따운 아가씬가 했는데. 그 목소리하고 보조개 보고서야 나츠코인 줄 알았지."

두 사람은 서로 아는 사이인 듯했습니다.

"이런 우연이 다 있네. 지금 몇 살이야?"

"스물이에요."

"아유, 단발머리 초등학생이었던 나츠코가 벌써 스

무 살이 됐어. 정말 세월 빠르다. 이렇게 멋진 아가씨가 되다니……. 아니, 그런데 여긴 웬일이야?"

"네, 좀 이르기는 하지만 친구들하고 졸업 여행 왔어요. 천국에서 가장 가까운 섬이라고 해서."

"어머나, 그랬구나. 정말 기가 막힌 우연이다. 엄마가 무슨 말씀 안하시던? 바빴나 보구나."

나츠코와 가타야마 씨 부부는 긴자에서 미용실을 할 때부터 아는 사이고, 나츠코가 어렸을 때는 엄마를 따라 피크닉에도 자주 왔다고 합니다. 나츠코의 어머니는 지금도 한 달에 한 번은 반드시 우리 미용실을 찾는 단골손님입니다. 내가 직접 상대한 적은 없지만, 나츠코가 마흔 살이 되면 저런 모습이지 않을까 싶을 정도로 나츠코와 비슷한 부인의 모습을 기억하고 있습니다. 늘 피크닉의 스태프 모두에게 진심으로 고맙다고 말해주는 차분하고 여유로운 분위기의 부인입니다.

'아, 그랬구나. 그 여자분의 딸이었어.'

나는 점점 더 흥분했습니다. 옛날부터 할아버지가 '며느리를 맞으려거든 그 부모를 보라'고 강조했으니까요. 그 부인이 어머니라면 틀림이 없을 것 같았습니다.

가타야마 부부가 여자 셋이서 놀러온 나츠코에게 괜찮으면 같이 놀자고 해서, 그 날 밤 디너를 함께 하게 되었습니다. 여자들끼리 놀러온 터라 조금은 불안했던 모양이지요. 나츠코는 그 제안에 무척이나 기뻐했습니다.

피크닉과 아오야마 단기대학 졸업생들의 미팅처럼 돼버린 그 날 우리 모두는 신나게 디너를 즐겼습니다. 나츠코의 친구들은 해외여행이 처음일 정도로 소탈하고 성실하고 좋은 여자들이었습니다. 식사는 맛있고, 대화는 끝이 없고, 정말 즐거웠습니다.

나는 옆자리에 앉은 나츠코와의 만남이 너무 기뻐 가슴이 터질 것만 같았습니다. 'GO'가 쇼를 펼치는 무대로 뛰어나가고 싶은 심정이었지만 간신히 참으면서 대화를 즐겼습니다.

팅팅 부어오른 내 미간과 이마는 거무죽죽해지면서 바카본*에 나오는, 두 눈이 연결된 순경 같았습니다. 하지만 나는 그보다 나츠코가 나를 염려하여 비닐 주머니에 얼음을 담아 주는 것이 그저 기쁘고 좋아서 어쩔 줄을 몰랐습니다. 나는 지금 이대로 영원히 바카본의 순경 아저씨였으면 하고 바랐습니다.

---

* 헤이세이 천재 바카본이란 제목의 만화

마음에서 우러나오는 기쁨은 숨길 수 없는 모양입니다. 몸이 절로 말해주니까요. 가끔 피크닉의 스태프가 "준이치, 괜찮아?" 하고 물으면 뭐라 대답해야 좋을지 곤란했습니다. "응, 그냥 그래……." 라고 대답하든지 몸이 불편한 척하려면 상당한 연기력이 필요했습니다.

그 때마다 아리따운 나츠코가 눈시울을 적시며 걱정스러운 표정으로 살짝 얼음주머니를 바꿔주었습니다. 그러면 나는 좋아서 또다시 윈드서핑에 감사했습니다. 그런 달콤한 기분에 취해 있는데, 가타야마 씨가 불쑥 물었습니다.

"그런데 준이치하고 자네들 그런 데서 뭐한 거야?"

우리는 대답하기가 거북해서 입을 다물었습니다. 대답할 말이 없어 서로 눈치만 살핀 것이죠.

나는 나쁜 머리를 굴려 더듬더듬 이렇게 대답했습니다.

"어, 그러니까 GO의 프랑소와가 그 만에 거머리, 그래요, 비와호의 거머리가 있다고 해서."

"비와호의 거머리? 아니 뉴칼레도니아에 거머리가 있다고? 여긴 담수가 아니잖아."

"아니, 비와호가 아니고, 거머리하고 비슷한 신기한

물고기가 있다고 꼭 가보라고……, 그랬잖아, 그렇지, 응?"

남자 스태프들은 열심히 고개를 끄덕였습니다.

"그랬어. 그럼 캣 피시나 라이언 피시를 말하는 건가?"

"그래요, 맞아요. 그랬어요."

"라이언 피시는 등지느러미에 맹독이 있으니까 조심해야 되는데. 그거 잘못해서 밟으면 큰일나지. 다리가 씨름꾼처럼 퉁퉁 부어오르고, 인간 종치고 싶을 정도로 아프다던걸. 다들 조심하라고."

모두들 잘 알았다고 대답했습니다. 나는 어떻게든 그 화제를 다시 꺼내지 않게 하기 위해서 고개를 푹 숙여 부은 이마를 가리고 세심한 주의를 기울이는 한편 좌중의 분위기가 가라앉지 않도록 애를 썼습니다.

테이블에 놓인 마실 줄도 모르는 포도주에 간혹 입을 대었는데, 상처가 걱정스러운 나츠코는 그 때마다 내 손에 페리에가 담긴 잔을 살며시 쥐어주었습니다. 그 세심한 친절.

만난 그 날부터 나는 그녀의 모든 것이 좋았습니다.

그 날은 밤 늦게까지 모두 함께 마음을 터놓고 떠들며 놀았습니다.

다음 날부터 우리는 일정을 함께 했습니다. 비치발리볼도 하고, 씨카약을 타기도 하고, 스노클링도 하고, 나츠코에게 윈드서핑도 배웠습니다.

하지만 윈드서핑을 배우기는 여간 힘들지 않았습니다. 물에 들어간 그녀가 세일을 일으켜 세우려고 하는데 그날따라 바람이 세서 꿈쩍도 하지 않았습니다. 보드에 탄 심각한 표정의 나츠코. 그런데도 나는 자그마하고 예쁜 그녀의 가슴, 원피스 수영복의 브이존에 그만 눈길이 머물곤 했습니다. 내 머리는 음란하고 불결한 생각으로 가득했습니다.

잠시 달리다가 쓰러지면 긴 다리와 빵빵한 엉덩이를 내 쪽으로 보이면서 세일을 일으켜 세웁니다.

내 서핑 팬티는 거의 터져나갈 듯한 포화 상태. 그나마 몸이 절반쯤 물속에 잠겨 있어 다행이었습니다. 꿈질거리고 있는데 나츠코가 말했습니다.

"자, 이번에는 준이치 차례. 한 번 해 봐요!"

그 때 이미 나츠코는 나를 다른 사람들이 부르는 것처럼 준이치라고 불렀습니다. 준이치! 준이치! 그렇게 불릴 때마다 나는 기분이 우쭐해지면서, 자비로운 부처님이라도 된 것처럼 마음이 관대해졌습니다.

하지만 터질 듯 부풀어 오른 팬티를 드러내고 보드를 탈 수는 없었습니다.

"나츠코, 바람이 너무 세서 미안하지만 오늘은 사양해야겠어."

그렇게 말해 간신히 그 자리를 모면했습니다.

나츠코는 아쉬워하면서도 금방 마음을 접고,

"그럼 우리 스노클링이나 해요, 준이치"이라고 말했습니다.

일본으로 돌아가기 전날. 가타야마 씨가 제안하여 모두 함께 배를 타고 하얀 모래사장이 있는 조그맣고 예쁜 섬에 가기로 했습니다.

배를 타고 몇 시간. 섬은 이곳이야말로 가장 천국에 가까운 곳이라고 할 만큼 곱고 하얀 모래로 덮여 있고, 한 시간 남짓이면 한 바퀴를 돌 수 있는 크기였습니다.

그런데다 바다가 얕아서 에메랄드 그린색 바닷물을 헤치며 멀리까지 걸을 수도 있었습니다.

그 섬의 상징은 하얗고 높은 등대. 그리고 야자잎으로 지붕을 얹은 칵테일 바가 몇 군데 있는 정도였습니다. 백인 남녀가 비키니 차림으로 편안하게 일광욕을 즐기고 있었습니다.

나는 나츠코와 둘이 걸어서 섬을 한 바퀴 돌았습니다. 강렬한 햇살이 우리의 머리 위에서 반짝거렸습니다. 가끔 가다 바람이 우리의 등을 밀듯 세게 불었고, 바람 소리와 물결치는 파도 소리 외에는 아무 소리도 들리지 않았습니다.

나와 나츠코는 바람이 불지 않는 섬의 뒤쪽 해변을 손을 잡고 걸어갔습니다. 저 멀리 하늘에 회색 구름이 걸쳐 있고, 그 아래로 비의 커튼이 보였습니다.

바닷물이 무릎 정도 되는 곳에서 우리는 손을 잡은 채 쭈그리고 앉아 하늘을 올려다보았습니다. 한없이 푸르른 하늘. 잔구름이 동쪽에서 서쪽으로 날아갔습니다. 정말 최고의 시간이었습니다.

나는 애틋한 마음에 가슴이 찢어지는 것 같았습니

다. 시간이여, 부디 지금 이대로 멈춰다오, 영원히……. 내일이면 나츠코와 헤어져야 한다…….

나는 할아버지의 말씀을 떠올렸습니다.

"사람이란 네 가지로 되어 있어. 그 한 가지는 몸이지. 또 한 가지는 머리야. 그리고 다른 한 가지는 바로 여기다."

언젠가 할아버지는 가슴을 툭툭 치며 그렇게 말했습니다.

"마음이야, 감정. 기쁘고 슬픈 것을 느끼는 마음. 무슨 소린지 알겠지?"

그 때 나는, 거기까지는 알겠는데, 나머지는 무엇일까? 궁금했습니다.

할아버지는 천천히 말을 이었습니다.

"네 번째는, 바로 직감이다."

"직감이요?"

"그래 직감. 기독교에서는 성령이라고 한다지만."

"성령?"

"그건 그렇고, 준이치, 인생에는 그 직감이란 것이 별 이유 없이 작동하는 때가 있다. 그런 때는 주저하지 말고 그 직감을 따르도록 해라. 생각하고 고민해 봐야 소용없어. 생각하기 시작하면 주저하게 되니까 말이다. 그런 직감은 좀처럼 빗나가는 법이 없다. 알겠느냐?"

지금 때를 놓치면 안 되겠다는 생각에 나는 벌떡 일어나 하얀 모래 위에 무릎을 꿇었습니다. 놀란 나츠코도 일어나 어리둥절한 눈빛으로 나를 쳐다봤습니다.

나는 두 주먹을 모래에 대고 말했습니다.

"나츠코 씨, 처음 만난 그 순간부터 나는 나츠코 씨를, 나츠코 씨를……."

나츠코는 나의 심각한 표정과 분위기에 압도되고 말았습니다.

"나츠코 씨, 나하고 사귑시다. 부탁합니다!"

그렇게 말하고 나는 물 속에다 고개를 푹 숙였습니다.

나츠코는 너무도 갑작스러운 나의 말에 당황하는 듯했습니다.

나는 물 속에 너무 오래 고개를 처박고 있어 거의 기절할 것 같았습니다.

더 이상 참을 수 없어 고개를 들려는 참에 나츠코의

부드러운 팔이 내 두 어깨를 살며시 잡고 물 속에서 일으켜 세워주었습니다.

푸하, 하고 숨을 몰아쉬고는 바닷물에 뿌예진 내 눈 앞에, 아름답게 미소짓는 나츠코의 얼굴이 있었습니다. 그 뒤로 아까 회색 비구름이 끼어 있던 하늘에 커다란 무지개가 서 있었습니다.

일본에 돌아오자마자 우리는 데이트를 시작했습니다. 나츠코는 대학을 졸업하면 유치원 보모가 되고 싶어 했지만, 어머니인 이쿠코 씨의 건강이 좋지 않아 잠시 그 꿈을 접고, 부모님이 경영하는 쓰쿠지의 수산 회사에서 사무를 보게 되었습니다. 서로의 집은 가까웠지만 수산 회사는 이른 아침부터 일을 시작하기 때문에 그녀의 시간에 맞추느라 아침 안개가 어려 있는 쓰쿠지 시장 어귀에서 데이트를 했습니다. 아침 일찍 일어나기가 쉽지 않았지만, 나츠코를 만나고 싶은 마음에 분발했습니다.

그렇게 데이트를 계속한 지 한 달이 지나, 우리 둘의 관계가 어느 정도 안정된 때였습니다.

나는 피크닉의 휴게실에서 김밥을 먹으면서 그 날 아침 나츠코에게서 받은 편지를 펼쳤습니다.

「준이치, 나 임신한 것 같아…….」

"설마, 농담이겠지."

나와 나츠코가 섹스를 한 것은 딱 한 번. 전후를 막론하고 쇼난의 해변에서 데이트를 하고 '기적의 바다'란 영화를 본 그 하룻밤뿐입니다. 더구나 그 날은 틀림없이 그것도 했는데, 그런데 어떻게.

그 날, 도무지 일이 손에 잡히지 않았습니다. 나의 심각한 표정을 본 가타야마 씨 부부가 나를 저녁 식사에 불러 주었습니다.

"왜 그래? 무슨 일 있어? 얘기해 봐. 우리가 할 수 있는 일이면 무슨 일이든 할 테니까."

시골 출신인 내게 이 넓은 도쿄에서 마음을 터놓고 의논할 수 있는 사람은 그 두 사람뿐입니다. 나는 나츠코가 임신을 한 것 같다고 솔직하게 털어놓았습니다.

가타야마 부부는 깜짝 놀라는 듯했습니다. 나나 나츠코나 비교적 얌전한 타입이고, 결혼할 때까지는 순결하게 사귀고 싶다는 말을 종종 했기 때문이었죠. 실제로 우리는 진지하고 순결하게 사귀고 있었고, 가타야마 씨 부부도 이쿠코 씨에게 들어 그렇다는 것을 알고 있었습니다.

어쩔 줄 몰라 망연자실해 있는 내게 부인이 말했습니다.

"준이치, 축하해."

"네?"

"준이치 드디어 아빠가 되는 거잖아."

"아빠요?"

"그래, 준이치. 순서가 좀 바뀌기는 했지만, 잘된 일이잖아. 언젠가는 나츠코하고 결혼하려고 했던 거고."

"네, 그건 그렇지만……."

"이건 축하할 일이야."

"세상에는 우리처럼 아무리 원해도 아이가 생기지 않는 부부도 많아. 그런데 준이치하고 나츠코 사이에서는 아이가 생겼잖아."

"아, 네."

"우리 나라에서는 아이를 만든다는 표현을 쓰잖아. 난 그거 잘못된 거라고 생각해. 마치 자기네들 마음대로 아이를 만들 수 있다는 식이잖아. 하지만 다른 나라에서는 안 그래. 구미에서는 아이를 신의 선물이라고 하잖아. 신이 이 두 사람이면 행복하게 키울 수 있을 것이라 여기고 새로운 생명을 주시는 거야. 얼마나 신비로운 일이야. 그런 선물을 받는다는 거."

가타야마 부부의 말에 내 마음이 번쩍 눈을 떴습니다.

'맞아, 우리는 태어날 때부터 맺어질 운명이었어, 아이도 그래서 생긴 거야.' 하고 말이죠. 겨우 정신을 차린 나는 새 희망과 힘이 솟는 듯했습니다.

"준이치, 나츠코한테 전화했어? 준이치 목소리 듣고 싶어할 텐데. 잠깐만 기다려봐."

부인은 웨이터에게 무선전화기를 가져오라 이르고, 나츠코의 집에 전화를 걸어주었습니다.

나는 떨리는 손으로 수화기를 꽉 잡고,

"나츠코, 축하해. 정말 잘됐어, 정말……."

눈물이 흐르고 목이 메어 말을 맺을 수가 없었습니다.

나츠코도 내 목소리를 듣고 안심한 듯,

"고마워요, 고마워……" 라고 눈물 섞인 목소리로 말했습니다.

다음 날, 나와 나츠코는 가타야마 씨와 나츠코 어머니의 권유로 성누가 국제병원을 찾아갔습니다.

중년의 여의사는 나츠코를 침대에 누이고, 아랫배에 투명한 젤을 바르고 컴퓨터의 마우스 같은 기계로 배를 슬슬 문지르면서 모니터를 바라보았습니다. 나 역시 뚫어져라 화면을 쳐다보았습니다.

여의사는 미소지으며 설명했습니다.

"건강한 아기로군요. 아직 임신 초기니까, 충분히 쉬도록 하세요."

"네, 알겠습니다."

나는 안도의 한숨을 내쉬었습니다. 여의사는 온화한 목소리로 다시 말을 이었습니다.

"아빠가 분발해야겠네요. 건강한 쌍둥이의 아빠가 될 테니까……."

"넷? 쌍둥이요?"

나츠코의 배에서는 두 생명이 자라고 있었던 것입니다.

"준이치, 이름 뭐라고 지을까?"
"글쎄, 뭐가 좋을까?"

병원에서 나와 돌아오는 길에 스타벅스에 들른 우리는 벌써부터 태어날 아이의 이름을 생각하고 있었습니다.

"나, 우리 쌍둥이가 서로를 지켜주고 많은 사람의 사랑을 받으며 자랐으면 좋겠어."

"그야 나도 마찬가지지. 획수니 그런 것보다 부르기 쉬운 이름이 좋겠는데."

"맞아, 준이치처럼."

"나츠코(夏子)란 이름도 그렇잖아. 부르기도 쉽고, 그 자리의 분위기가 온화하게 누그러지잖아. 그거에 비하면 준이치 뭐야, 불륜도 문화라고 한 탤런트 같잖아. 게다가 좀 나약하게 느껴지고. 예정일이 내년 봄이니까 천천히 생각해도 될 것 같은데."

내가 그렇게 말하자 나츠코는 고개를 저으며 말했습니다.

"우리 아기, 아직 두 달밖에 안 된 손가락만한 생명이지만, 이미 내 뱃속에서 자라고 있어. 열심히 힘내서 사라고 있다고."

나츠코의 말이 옳았습니다. 나는 눈에 보이는 것만

생각하고 있었는데, 나츠코의 뱃속에서는 두 생명이, 그것도 나와 나츠코의 아이가 자라고 있는 것입니다.

"그러니까, 준이치. 우리가 지금 이렇게 얘기할 때도, 내 뱃속에서는 우리 아기가 아빠 엄마 지금 무슨 얘기하고 있을까, 하고 듣고 있을지도 모르잖아."

남의 말에 혹하기 잘하는 나는 서서히 아빠가 된다는 실감이 느껴졌습니다. '그렇다 지금 나는 쌍둥이의 아빠다.'

"나츠코 말이 맞네. 아기는 아직 태어나지 않았고, 우리는 같이 살지도 않고 호적에도 오르지 않았지만, 우린 이미 가족이었어. 4인 가족."

"가족이라, 듣기 좋다."

천장을 올려다보면서 그 말을 음미하는 나츠코. 실내에는 감미로운 하와이 음악이 흐르고 있었습니다.

"그러니까 준이치, 하루 빨리 우리 아기 이름 짓자. 나 매일 우리 아기 이름 부르면서, 어서 빨리 자라라고, 건강하게 자라라고, 얘기할 거야!"

"좋아, 당장 짓자!"

나츠코는 뛸 듯이 기뻐하면서도 손목 시계를 내려다

보고는,

"나 그만 가봐야겠다."라면서 서둘러 재킷을 걸치고 작명책을 가방에 넣더니 자리에서 일어났습니다.

"몸 조심해."

나츠코는 오른손을 흔들면서 종종걸음으로 걸어가더니, 어두운 표정으로 돌아서서는 나를 불렀습니다.

"준이치……."

"응, 왜?"

나츠코는 잠시 생각하는 표정이더니,

"응, 아니야." 라고 하고는 그대로 계단을 내려갔습니다.

그 때 나는 결심했습니다. '우린 가족이야. 무슨 일이 있어도 나츠코와 쌍둥이를 행복하게 해 줄 거야.' 하고 말이죠.

나는 나도 모르게 다리 건너 동쪽 하늘을 향해 두 손 모아 빌었습니다. 누구에게 빌었는지는 모르겠지만요. 동쪽 하늘에는 여름의 끝을 알리는 태양이 활활 타오르고 있었습니다.

다음 날, 피크닉의 휴식 시간이었습니다.

아침에 나를 만나지 못한 나츠코는 고맙게도 가게로 도시락을 보내 주었습니다. 그리고 도시락에는 한 통의 편지가 들어 있었습니다.

「준이치, 우리 쌍둥이 이름, 좋은 게 생각났어.」

뭘까? 나는 기대감에 부풀었습니다. 하룻밤 사이에 어떻게 생각했지? 나는 작명 사전을 아무리 뒤져봐도 이거다 싶은 게 없었는데.

「준이치, 유치하다고 웃을지도 모르겠지만, 그래도 써 볼게.」

어이, 어떤 이름이야?

「있지, 키요미와 하루미. 한자로는 *淸海*, *晴海*라고 써. 우리 둘이 만난 곳이 뉴칼레도니아의 화창하고 푸른 바다였잖아. 그래서 생각한 거야. 키요미, 하루미, 부르기 쉽지? 그리고 이런 이름이면 여자애든 남자애든 잘 어울리잖아. 그러니까 어느 쪽이 태어나든 상관없어. 준이치 생각은 어때?」

과연 나츠코입니다. 수준이 달라요.

나는 키요미와 하루미란 이름이 마음에 쏙 들었습니다. 보통은 같은 이름이라도 한자를 *淸美*, *晴美*라고 쓰는데, 바다 해자를 붙여 더욱 마음에 들었습니다. 푸르른 바다, 화창한 바다. 최고의 이름입니다.

도시락을 우물우물 먹으면서 싱글싱글, 키요와 하루란 이름을 떠올리고는 행복함에 젖었습니다.

「준이치도 분명 마음에 들어할 거야.」

그리고 나츠코의 귀여운 글씨 마지막줄에는 이렇게 쓰여 있었습니다.

「추신, 아버지가 내일 아침 4시 30분에 공영회 2층에 있는 맥도널드로 오래요. 알아보기 쉽게 산타클로스 모자를 쓸 것. 준이치, 우리 아버지 마음에 들도록 힘내세요. 나츠코.」

드디어 올 때가 왔구나 싶은 심정이었습니다. 나츠코의 아버지는 쓰쿠지 시장에서 일하는 고집불통. 쓰쿠지 일대에서는 모르는 사람이 없을 정도로 보수적인 사람이라고 들었습니다. 그런 사람에게 임신했다는 보고는커녕, 인사조차 한 적이 없으니 말이죠.

어떻게 하면 좋지, 내게 뭐라고 할까. 긴장, 불안, 공포감에 나는 거의 정신을 차릴 수가 없었습니다.

나는 빨간 바탕에 하얀 테두리가 있는 산타클로스

모자를 쓰고 겁에 질린 채 공영회 2층에 있는 맥도널드에 앉아 있었습니다.

새벽 4시.

마 재킷과 바지, 리걸 가죽 구두는 모두 가타야마 씨에게서 빌린 것입니다. 어젯밤 가타야마 씨 부부에게 사정을 설명하자, 두 사람도 드디어 올 것이 왔다고 심각해하면서 여러 가지 조언을 해주었습니다.

"나츠코의 아버지는 성격이 아주 괴팍한 사람이거든. 딸에게 결혼 상대가 생겼는데, 게다가 벌써 뱃속에 아기까지 있다고 하면 어떤 반응을 보일지 모른다고. 쓰쿠지에서 열다섯 살 때부터 아버지를 도와 일한 세월이 30년, 참치 하나에만 목숨을 건 고집스런 사람이니까, 두서너 대 얻어맞을 각오는 하고 있으라고."

그러나 내가 어떻게 그런 각오를 하겠습니까.

"더구나 나츠코는 외동딸 아니야. 눈에 넣어도 안 아플 정도로 애지중지 키웠으니까 그러는 것도 당연하지. 하지만 준이치도 힘 내. 정직하게 모든 것을 털어놓는 거야. 최후의 승리자는 사랑이니까, 알았지?"

그 정도 위로의 말에 두려움이 사라질 리 없습니다.

새벽 4시의 맥도널드. 손님은 나 한 명.

떨리는 손으로 커피잔을 들었지만, 커피가 목구멍에 넘어가지 않았습니다. 게다가 몇 번이나 화장실에 들락거리고. 나는 어렸을 때부터 조금만 긴장하면 배가 민감하게 반응해서 설사를 하는 체질이었습니다.

그 때입니다. 암 센터와 쓰쿠지 시장을 가르는 어두컴컴한 다리 위로 조그만 자동차 같은 것이 올라오고 있는 것이 보였습니다. 자세히 보니 그것은 좁은 시장에서 물고기를 운반하는 데 사용하는 타레트라는 운반차였습니다. 스페인의 투우사가 손에 들고 투우를 자극하는 빨간 천처럼 새빨간 몸체, 그리고 둥글게 구부러진 앞부분에는 하얗고 커다란 '金'이란 글자가 그려져 있고, 번쩍거리는 은색 타원을 겹친 'TOYOTA' 엠블럼도 붙어 있었습니다. 짐칸의 등받이 오른쪽에는 큼지막한 일장기, 왼쪽에는 대어기(大漁旗)가 펄럭거리고 있습니다. 스피커에서는 천황의 생일 같은 때 흔히 들리는 음악이 왕왕 울려나옵니다.

"월 월 화 수 목 금 금!"

"월 월 화 수 목 금 금!"

그 타레트가 맥도널드 앞에서 멈췄습니다. 장화를 신고 보라색 짱뚱한 바지, 검정 비닐 앞치마를 두르고, 목에는 수건을 걸고, 머리에는 '金' 자가 찍혀 있는 모자를 쓴 아저씨가 건물 쪽을 뚫어지게 쳐다보고 있습니다.

그 눈빛이 골고 13* 처럼 날카롭고, 빨간 사과처럼 혈색 좋은 이마는 기름기로 번들거려, 거의 소름이 끼칠 정도입니다.

나는 어쩔 줄을 모르고 차렷 자세로 굳은 채 머리에서 빨간 산타 모자를 벗겨 가슴에 껴안고 있었습니다.

땅딸막한 골고 13이 턱을 치켜들고 '이 쪽으로 오라'는 신호를 보냈습니다. 나는 감전이라도 된 것처럼 벌떡 일어나 계단을 뛰어 내려갔습니다.

그렇습니다. 그 땅딸막한 골고 13이 나츠코의 아버지 다이조 씨였던 것입니다.

다이조 씨는 굵고 거친 목소리로 말했습니다.

"자네가 준이치인가!"

나는 최대한 정중하게 내 소개를 하려 했지만, 오히려 기가 죽어 움찔거리고 말았습니다.

---

* 연재 만화의 주인공

"자네가 준이치냐고 묻고 있지 않은가!"

다이조 씨는 답답하다는 듯이 재차 물었습니다.

"네, 네! 제가 준이치입니다!"

"타!"

다이조 씨는 짐칸을 가리켰습니다.

"네?"

"타라잖나!"

나는 허둥지둥 빨간 타레트에 올라탔습니다. 겁에 질려 부들부들 떨리는 다리, 땀에 젖은 손으로 등받이를 꽉 잡았습니다.

땅딸이 골고 13은 말없이 쓰쿠지 시장 쪽으로 타레트를 몰고 가더니, 국립 암 센터와 아사히 신문사 사이에 있는 네거리에 빨간불이 반짝이는데도 무시하고 그대로 직진, '월 월 화 수 목 금 금!' 하는 군가를 울려대면서 시장 안으로 들어갔습니다.

다이조 씨가 나를 데리고 간 곳은 참치 도매업 마루긴 수산 가게였습니다. 바로 옆에 있는 경매장에는 세계 각지에서 모인 참치가 일렬로 줄지어 누워 있었습니다. 경매 시간이 다가왔는지, 무지막지하게 생긴 아저씨들이 손전등으로 꼬리를 비추며 참치의 질을 확인하고 있었습니다. 파는 쪽이나 사는 쪽이나 긴장감이 살벌하게 느껴질 정도였습니다.

"내려!"

다이조 씨의 거친 목소리.

"네."

나는 낡고 두툼한 나무 테이블 옆에 섰습니다.

다이조 씨는 모자를 벗고, 목에 걸치고 있던 수건을 머리에 꽉 동여매고는 싱크대 쪽으로 가 뭔가를 찾았습니다.

나는 그 자리에서 완전히 이방인이었습니다. 장화를 신고 경매에 임하는 사람들 사이에서 나만 갈색 마 재킷에 리걸 가죽 구두, 게다가 빨간 모자까지 쓰고 있습니다. 대체 무슨 짓을 당할지 불안감에 꼼짝달싹 못하고 직립 부동의 자세로 사방을 힐끔힐끔 돌아보았습니다.

그 때 다이조 씨가 양 손에 은색 막대기 같은 것을 쥐고 나타났습니다. 그러고는 씩 웃으면서 위협적인 목소리로 나직하게 말했습니다.

"어이, 옷 다 벗고 거기 누워!"

"……."

나는 무슨 뜻인지 몰라 그저 겁에 질린 눈으로 다이조 씨를 쳐다만 보았습니다.

"얼른 벗고 누우라잖나, 이 느림보!"

겨우 말뜻을 알아챈 나는 가타야마 씨에게 빌린 마 재킷과 셔츠를 서둘러 벗고는 원망에 찬 눈빛으로 다이조 씨를 쳐다보았습니다.

"바지도 벗어야지, 어서 거기 누워!"

나는 허둥지둥 바지를 벗고 하얀 면 팬티 한 장만 걸친 채 눅눅한 테이블 위에 누웠습니다. 산타 모자는 그대로 쓴 채였습니다. 등짝이 서늘해지면서 온몸에 소름이 좍 끼쳤습니다. 병원 진찰대에 누운 기분인데, 어째 테이블은 끈적끈적하면서도 비린내가 나는 듯한 느낌이었습니다.

다이조 씨는 "움직이지마!"라고 소리를 지르고는 또 '월 월 화 수 목 금 금!' 이란 예의 군가를 틀었습니다.

다이조 씨를 올려다보니, 오른손에는 부엌칼, 왼손에는 1미터는 족히 넘을 회 뜨는 칼을 들고 누워 있는 나를 내려다보고 있었습니다.

헉! 하고 숨을 삼킨 내 몸이 얼어붙은 것처럼 굳었습니다. 그 두툼한 테이블은 참치를 해체하는 데 쓰이는 거대한 도마인 듯했습니다.

그 다음 순간부터 심문, 아니 고문이 시작되었습니다.

다이조 씨는 회 뜨는 칼을 휘 휘 휘두르면서 고함을 지르고, 희번덕거리는 눈은 거의 제정신이 아닌 사람 같았습니다.

"이놈의 자식, 용케 우리 나츠코를 따먹었구나. 이런 죽일 놈!"

"……."

나는 오금이 저려 말도 할 수가 없었습니다.

"뭐라고 말을 해야지, 이 얼간이 같은 놈아!"

"죄, 죄송합니다. 죄송합니다, 죄송합니다."

"죄송하다고? 그럼 네놈이 나츠코를 데리고 놀았단 말이야?"

"아, 아 아닙니다. 절대, 그렇지 않습니다. 지, 진심입니다."

다이조 씨는 왼손에 든 회칼로 면 팬티를 입은 내 사

타쿠니를 툭툭 치기 시작했습니다.

"진심이라는 사내자식이 그렇게 쉽게 여자에게 손을 대. 여자의 정조를 지켜주는 것이 진짜 사내지."

"……."

"그래서, 몇 번이나 했어?"

"……."

"몇 번이냐고! 이놈이 입이 얼어붙었나."

"하, 한 번, 딱 한 번입니다."

"딱 한 번이라고. 한 번이면 됐지."

내 사타구니를 툭 툭 내리치는 회칼이 불빛을 받아 번쩍번쩍 빛났습니다. 군가의 리듬에 맞춰 마치 북을 치듯 두드리는데, 그만둘 낌새가 보이지 않았습니다. 내 물건은 쪼그라들대로 쪼그라들었습니다.

"이놈이, 이렇게 말라빠진 쭉정이 버섯 같은 것으로 용케 그런 대담한 짓을 했군."

"아, 아, 아……."

"네놈이 다시는 못된 짓을 못하게, 이 쭉정이를 싹둑 해버릴까!"

다이조 씨의 눈이 번쩍 빛났습니다. 경매에 임하던

마루긴 수산의 직원들도 걱정스러운 듯이 이 쪽을 힐끔거리고 있습니다.

"그, 그, 그것만은, 제, 제발, 요, 용서해 주십시오."

나는 겁에 질린 목소리로 울부짖었습니다.

그 때 나츠코의 어머니인 이쿠코 씨가 나타났습니다.

"당신, 그만 좀 해요. 사람한테 만날 그런 협박만 하고!"

"아니, 우리 금쪽같은 딸을 이놈이 그냥 훔쳐가려고 하는데, 어떻게 가만히 있을 수가 있단 말이야!"

다이조 씨도 아내에게는 꼼짝 못하는지 목소리의 톤이 낮아졌습니다. 그러고는 마루긴 수산의 직원인 듯한 사람에게 이렇게 말했습니다.

"어이, 하치우에몬, 가서 어제 괌에서 들여온 황다랑어 이리 가져와."

"네."

장정 두 세 명이 황다랑어를 내 몸 위에 올려놓았습니다.

황다랑어는 몸통의 길이가 내 키 정도에 가슴이 눌

려 숨을 쉴 수 없을 정도로 무거웠습니다.

"지금부터 이 황다랑어를 손질할 것이다. 그 동안 내 질문에 대답하도록. 정직하게. 알았나? 거짓말 하면 가만 안 놔둘 거야!"

"……으윽, 윽."

황다랑어의 무게에 눌려 거의 질식할 것 같았지만, 나는 있는 힘을 다해 대답했습니다.

"그래, 나츠코는 이제 어떻게 할 셈이냐?"

"윽, 으, 결혼할 겁니다!"

다이조 씨는 흥 하고 콧방귀를 뀌면서 황다랑어의 몸통에 칼을 꽂았습니다. 황다랑어를 손질하는 그 모습은 가히 예술의 극치였습니다.

"어이, 머리통 꽉 누르고 있어! 까딱하면 네놈의 머리통에 이 칼이 꽂힐 수도 있으니까."

나는 산소 부족으로 정신이 가물가물했지만, 필사적으로 황다랑어의 아가미에 손을 집어넣고 꽉 잡았습니다.

"나츠코는 이제 겨우 스물한 살이야. 물론 언젠가는 시집을 갈 것이라고 나도 각오는 하고 있었다. 그러니

너희 두 사람이 진심이라면 내가 이렇게 나설 계제는 아니지."

그렇게 말하면서 다이조 씨는 푹, 쓰슥, 쓱 황다랑어를 해체하고 있습니다.

눈 앞에서 칼이 춤 출 때마다 끔찍하기 이루 말할 수가 없었습니다. 잠시 후 배 부분의 살집이 부분 부분 나뉘어 떨어져나갔습니다. 나는 숨 쉬기가 그나마 좀 편해져 입을 벌리고 붕어처럼 뻐끔뻐끔 공기를 빨아들였습니다.

"그런데 네놈, 미용사라면서?"

"네, 네. 아직 시작한 지 얼마 안 됐지만."

추위와 공포에 덜덜 떨리는 입으로 나는 간신히 대답했습니다.

"월급은 얼마나 되나?"

"15만입니다."

"뭐? 15만. 아니 그 돈으로 어떻게 먹고 사나?"

"네. 원래가 시골 촌놈이라서 사치는 부릴 줄 모르고, 집도 싼 데 살기 때문에 그럭저럭 삽니다. 유일한 취미가 영화를 보는 정도라서······."

"어떤 데서 사는데?"

"목욕탕도 없고, 화장실은 공동으로 쓰는 4조 반짜리 단칸방에……."

"아니, 그런 허접한 곳에 우리 나츠코를 데리고 들어갈 셈이란 말이야!"

다이조 씨가 화를 버럭 냈습니다.

"죄, 죄송합니다. 죄송합니다."

할 말이 없었습니다. 정말이지 나츠코나 태어날 아이나 그런 곳에서 살게 된다면 불쌍하기 짝이 없습니다.

"뭐, 그건 됐고. 아무튼 자네, 미용사 그만둬!"

"네?"

"미용사 그만두라고!"

"하, 하지만, 그건……."

나는 내 직업에 만족하고 있었고, 언젠가는 독립해서 나츠코와 둘이 피크닉 같은 아담한 미용실을 경영하고 싶었습니다.

다이조 씨는 부지런히 손을 움직이며 말했습니다.

"자네, 내 말 잘 들어. 앞으로 10년 후면 어떻게 되겠

나. 하나 둘 흰머리도 생길 것이고, 대머리가 될 수도 있겠지. 봐, 이걸 보라고! 난 이십 대 후반부터 이 꼴이었어."

다이조 씨는 모자를 획 벗더니 정수리를 보여주었습니다.

번쩍거리는 머리통에 솜털처럼 부드러운 머리카락이 몇 오라기 땀에 젖어 들러붙어 있는 양쪽을 제외하고는 보기가 민망할 정도였습니다.

다이조 씨는 모자를 다시 쓰면서,

"자네가 이렇게 되지 않으리란 보장이 어디 있나. 이런 대머리에게 머리를 맡기고 싶은 젊은 여자가 세상에 어디 있겠나. 미용사도 나이가 점점 젊어지는 시대야. 남자 미용사는 한 서른다섯쯤 되면 고향으로 내려가서 이발소 보조를 하거나, 직업을 바꾸는 도리밖에 없지. 카리스마다 뭐다 하면서 자기 이름 걸고 할 수 있는 사람은 몇 안 돼. 그게 현실이야."

일리가 있는 말입니다.

"자네에게 해가 되지는 않을 테니까, 미용사 그만둬."

벌써 황다랑어의 속살도 떨어져 나갔습니다. 마루긴 직원들이 "하나 둘"하고 외치면서 황다랑어를 뒤집었습니다.

이번에는 황다랑어의 뼈가 내 몸을 꾹꾹 찔러 아픈데다, 시뻘건 피까지 뚝뚝 떨어졌습니다.

가벼워진 것은 좋은데, 그만큼 얇아진 황다랑어에 칼질을 하고 있으니 무서워서 견딜 수가 없었습니다. 언제 황다랑어를 관통한 칼이 내 가슴을 찌를지, 가슴이 조마조마했습니다.

"알았나? 당장 그만둬."

"네, 네! 당장 그만두겠습니다."

"좋아. 그럼, 자네 그 다음에는 뭘 할 텐가?"

"……"

너무도 갑작스런 질문인데다 아무것도 생각할 수 없는 상황이어서 뭐라 대답할 수가 없었습니다.

"뭘 해서 먹고 살 거냐고? 나, 성미가 급한 사람이야. 빨리 대답해! 혹시 고향으로 내려가서 포도원을 하겠다느니 그런 소리는 안 하겠지, 어?"

그 때입니다. 기둥 뒤에 숨어서 걱정스러운 표정으

로 내 쪽을 엿보는 나츠코가 보였습니다.

"이놈이, 이 황다랑어 손질 다 끝날 때까지 대답 못 하면, 그 때는 너희들 결혼 못하는 줄 알아!"

반대쪽도 거의 손질이 끝나가고 있습니다. 남은 것은 속살과 등뿐.

나는 생각나는 모든 직업을 생각해 봤습니다. 소방사, 보육사, 회사원, 선원, 요리사……. 하지만 다이조 씨는 그 어떤 직업을 마음에 들어할 것 같지 않았습니다.

그 때, 기둥 뒤에서 나츠코가 생선을 담는 스티로폼 박스에다 매직으로 뭐라고 써서는 열심히 가리켰습니다. 거기에는, '파일럿, 변호사, 세무사, 의사'라고 씌어 있었습니다. 다이조 씨는 이 네 가지 외의 직업을 가진 사위를 맞고 싶지 않은 모양이었습니다. 하지만 나로서는 해내기가 어려운 직업들뿐이었습니다. 그러나 가슴 위에 놓인 황다랑어는 이제 뼈만 앙상하고, 꼬리지느러미 근처에만 붉은 살이 약간 남아 있었습니다.

절체절명의 순간이었습니다.

"어쩔 텐가? 이제 나츠코하고 헤어질 건가?"

신기한 말이지만 그 한 마디에 용기와 확신이 솟았습니다.

"아닙니다. 의사가 되겠습니다."

나는 그렇게 외치고 말았습니다. 어제 만화방에서 《블랙 잭》을 읽은 탓이었는지도 모르겠습니다. 그 순간 꼬리지느러미의 붉은 살이 떨어져 나갔습니다.

이렇게 해서 나는 의사의 길로 들어서게 된 것입니다.

제2장
서머 웨이브

이 암 센터에 근무한 지 한 달이 지났습니다.

정신과의 상사 하라다 부장이 내게 "암이란 현실 앞에서 마음의 갈등과 분노로 이성을 잃은 환자를 위로하는 역을 맡도록!"이라고 지시했습니다.

제 손으로 링거주사의 바늘을 뽑아버리고는 집으로 가겠다고 고함을 지르는 환자, 치료 방법이 없는 상태에서 앞으로 남은 목숨이 두 달이라는 선고를 받고는 현실을 받아들이지 못해 간호사와 의사를 걸고 넘어지는 환자. 그런 환자들은 내가 하얀 가운을 입은 젊은 사람이란 이유만으로 병원측의 인간, 요컨대 적이라 여기고 쌓이고 쌓인 분노를 터트립니다.

간호사의 태도가 불손하다, 의사가 설명을 제대로 해주지 않는다, 같은 병실의 환자가 코를 하도 골아서 잠을 잘 수가 없다, 밥이 맛이 없다, 가끔은 생선초밥이라도 먹게 해 달라, 시장이 코앞에 있지 않느냐고 화를 냅니다. 심할 때는 침대에 누워 있던 환자가 벌떡 일어나 내 멱살을 잡고 뺨을 때린 적도 있었습니다.

나는 그런 아수라장에서 분노의 분출구, 아니 병원이란 스트레스로 가득한 공간에서 샌드백 노릇을 하고 있습니다. 희망에 불타 '오늘 하루를 내 인생의 마지막 날처럼', '세상을 위해 타인을 위해'를 신조로 센다이의 도호쿠 산재 병원에서 이 국립 암 센터로 근무처를 옮긴 나였는데, 점차 의욕을 잃은데다 가슴 주머니에 넣어다니는 PHS가 울릴 때마다 심장이 쿵쾅거리면서 배가 싸르르 아파 화장실로 달려갑니다. 과민성 대장염이 도지는 것이죠. 아아, 가기 싫다. 이번에는 어떤 환자일까, 하고 생각하면 발걸음이 무거워집니다.

그런 때면 항상 인턴 시절, 어린아이의 간을 수술하

는 자리에 입회했던 때의 기억이 되살아납니다. 나는 그 수술실에서 어이없게도 패닉 장애를 일으키고 말았던 것입니다.

다이조 씨에게 고문을 받은 다음 날부터 나는 나츠코의 집에서 먹고 자면서 1년 동안 공부하여, 류큐 대학 의학부에 입학했습니다. 그리고 얼마 후 갓 태어난 쌍둥이와 나츠코를 오키나와로 불러 함께 살면서 4년 동안 의학부 학생으로 의학을 공부했습니다. 그러고는 나츠코와 쌍둥이를 돌려보내고 나 혼자 남아 류큐 대학 부속 병원에서 인턴 생활을 마친 후 도호쿠 산재 병원으로 자리를 옮겼습니다.

인턴은 3개월 단위로 내과, 외과, 소아과, 정신과, 응급실 등을 돌면서 의학 전반에 대한 경험을 쌓습니다.

외과에 있을 때의 일입니다.

녹색 수술복을 입고, 마스크와 모자를 쓰고 수술에 입회 했습니다. 환자는 우리 쌍둥이와 또래인 여자 아이. 외과의 베테랑 의사는 수술에 이골이 난 듯 완벽한 솜씨로 아이의 배를 절개하고 간을 내려다보았습니다.

나는 그 모습을 뒤에서 들여다보고 있었습니다. 인간의 뱃 속을 찬찬히 들여다보는 것이 처음은 아니었는데, 피와 장기가 몹시 그로테스크하게 보이면서 이 아이가 만에 하나 내 아이였다면 하고 생각하니 마음이 아팠습니다.

그 때였습니다. 예의 과민성 대장증후군, 즉 복통을 동반한 설사가 나를 엄습했습니다. 마침 간을 절개하려는 중요한 순간, 백 퍼센트의 집중력을 요하는 긴장된 공간에서 "화장실에 가도 됩니까?"라는 얼빠진 질문은 절대 할 수 없습니다.

나는 해일처럼 밀려오는 복통을 꾹 눌러 참으면서 여자아이의 내장을 들여다보았습니다.

그런데 그 때 갑자기 오른손 새끼손가락이 구부러졌습니다. 어떻게 된 거지? 하고 왼손으로 있는 힘을 다해 오른손의 새끼손가락을 펴려고 했습니다. 그러나 손가락은 내 의지와는 달리 약지, 가운뎃손가락, 집게손가락 순으로 구부러지면서 주먹을 꽉 쥔 꼴이 되고 말았습니다. 왼손으로 어떻게든 손가락을 펴려고 해보았지만, 꿈쩍도 하지 않았습니다. 대체 어떻게 된 일일까요?

아이의 간에서 피가 넘쳐흘러 사방에 피가 흥건했습니다.

그런데 이번에는 또 왼손에 이상이 생겼습니다. 새끼손가락부터 차례대로 구부러지더니, 오른손처럼 딱딱하게 굳어버리고 말았습니다.

내 몸에 대체 무슨 일이 생긴 것일까요? 나는 더럭 겁이 났습니다. 그런데다 단속적으로 엄습하던 복통이 지속적으로 나를 괴롭히면서 격렬한 변의를 동반, 나는 그것을 참느라 식은땀을 뚝뚝 흘렸습니다.

끝내는 쿵쾅거리는 심장 소리가 내 귀에도 들렸고, 점차 그 속도가 빨라졌습니다.

경직은 상반신 전체로 퍼졌고, 두 팔꿈치는 들러붙은 상태로 뒤틀어져 가슴을 가로막았습니다.

'이대로 가다가는 무슨 큰일이 날지 모르겠어, 어떻게 하지……'

하지만 목소리조차 나오지 않았습니다. 게다가 호흡까지 가빠지면서 장딴지에 경련이 일기 시작했습니다.

잠시 후 수술실 바닥에 쾅 하는 소리와 함께 그대로

쓰러지고 말았습니다.

그 다음 일은 기억하지 못합니다. 나중에 듣자 하니, 무슨 일인가 싶어 달려온 간호사가 혈압을 재고, 심전도를 측정하는 전극을 가슴에 붙이고, 등을 필사적으로 문지르는 한편, 의사는 근육주사를 놓고, 비닐 주머니를 내 입에 갖다대었다고 합니다.

정신을 차렸을 때 나는 병실에 누워 있었습니다. 몸은 아무 탈 없이 움직이고 있었고 호흡도 정상이었습니다. 대체 내 몸에 무슨 일이 생겼던 것일까 하고 생각하고 있는데, 류큐 대학 의학부 동문인 스기모토 선배가 슬라이딩 도어를 열고 들어왔습니다.

"어때?"

나는 그저 눈만 끔벅거리면서 선배의 얼굴을 물끄러미 쳐다보았습니다.

"준이치, 볼 만하던데."

스기모토 선배는 느긋하게 말했습니다.

"하지만 신경 쓸 거 없어. 요트로 말하자면 약간 가라앉은 것뿐이니까. 전혀 신경 쓸 일이 아니라고."

나는 겨우 입을 열어 물었습니다.

"선배, 나, 나, 어떻게……."

"음."

"서, 선배."

"글쎄. 정신과 의사 말로는 패닉 장애라던데."

"패닉 장애?"

"과호흡으로 인한 패닉 장애."

"과, 과호흡?"

"그래, 극도의 긴장 때문에 공기를 너무 많이 들이쉬어 이산화탄소 부족을 야기한 탓에 쓰러진 거지. 전신 근육은 경련을 일으켰고. 자네는 전혀 기억 못할 테지만 간호사가 비닐주머니까지 입에 갖다댔다고. 뭐 어쩔 수 없지, 어쩔 수 없어. 패닉 장애하고 사이 좋게 살아가는 수밖에."

스기모토 선배는 그렇게 말하고 병실에서 나갔습니다.

병실에 있는 파이프 의자로 눈을 돌리자 커다란 비닐 주머니가 놓여 있었습니다. 나는 일어나 비닐 주머니를 열어보았습니다. 내 수술복과 속옷에서 풍기는 구린내가 코를 찔렀습니다.

"아, 아, 아……."

그 사건이 있은 며칠 후 나는 의료 현장으로 복귀했지만, 장차 의사 노릇을 해나갈 수 있을지 자신감을 잃은 상태였습니다. 그런데다 복도에서 다른 의사나 간호사와 스쳐 지날 때마다 꺼림칙한 시선이 느껴지고, 키득키득 웃는 소리도 들렸습니다. 이렇게 수치스런 나날을 보내자니 견딜 수가 없었습니다.

그런 나의 심중을 헤아렸는지 스기모토 선배가 같이 요트를 타러 가자고 했습니다.

류큐 대학 시절, 올림픽의 요트 선수였던 선배에게 억지로 끌려가다시피 요트부에 들었는데, 센다이에 온 후로는 일에 쫓겨 바다는 구경도 못하고 있는 터였습니다.

"자네가 안 가겠다면, 더 끔찍한 자네의 과거를 간호사와 의사들에게 떠벌일 테니까, 그런 줄 알아."

늘 그렇게 강압적으로 뭘 하자고 하는 스기모토 선배의 버릇은 여전한 듯합니다.

나는 할 수 없이 마쓰시마 세일링 클럽으로 가서, 스

기모토 선배와 함께 요트를 타고 넓은 바다로 나아갔습니다.

"야, 기분 좋다. 역시 바람이 최고라니까."

"그렇네요. 바다는 언제 와도 좋네요."

나도 예의 악몽을 잊고 맞장구를 쳤습니다.

"준이치, 피를 보고 무서워서 수술하는 중에 쓰러졌다고 해서 낙심할 거 없잖아. 자네는 자네의 장점을 살려 나가면 되는 거야."

"그럴까요?"

"최근에는 임상심리사라는 게 유행하고 있잖아. 사람의 마음을 치료하는, 요컨대 카운슬러 말이야."

"네, 그런데요?"

"아니 그러니까, 자네 자신이 패닉 장애 환자니까, 환자의 마음도 잘 이해할 수 있지 않을까 싶어서. 어때, 카운슬러 일 해보지 않겠나? 그 일이면 피를 보지 않아도 되고. 원내에서는 비밀이지만, 자넨 우울증 병력도 있잖아. 패닉 장애에다 우울증 전력이 있는 정신과 의사. 딱일 것 같은데."

"재미있을 것 같기는 하네요."

"그렇지? 내 친구가 도쿄 암 센터에 있는데, 카운슬링을 할 수 있는 의사를 찾는대. 내가 추천하면 두 말 없이 OK할 테니까, 자네 얘기 그 쪽에다 해둘게."

"넷! 아니, 좀 기다려 주십시오. 아직 마음의 준비가……."

"좋은 일은 서두르는 거야."

선배는 그렇게 말하고는 당장에 요트를 항구 쪽으로 돌렸습니다.

그리고 한 달 후, 나는 희망과 불안을 동시에 안고 암 센터로 일자리를 옮겼습니다.

이 암 센터에서 나는 18층 환자들이 유독 싫었습니다. 그 층은 병실이 모두 일인용이라서 돈에는 전혀 아쉬움이 없는 부자들만 입원해 있는 병동입니다.

18층 환자들의 특징은 의사에게는 아주 신사적이고 온화하며, 부인들도 지적인 미인이 많다는 점입니다. 여자 환자들 역시 의사에게 절대 나쁜 소리를 하지 않습니다.

그런데 간혹 발작을 일으키면 간호사와 청소하는 아

줌마들을 괴롭힙니다. 사람을 괴롭히는 거죠. 이런 사람들은 지식도 풍부하기 때문에 말로 달래려 하면 오히려 압도당하고 맙니다.

어쩌다 또 이런 병원에 오게 되었을까.

하지만 연봉 3백3십만 엔에 정신과 레지던트로 근무하는 이 병원이 맘에 들지 않는다고 다른 병원에 가도 마찬가지. 의사로서의 앞날이 암담할 뿐입니다.

집에 돌아가면 늘 식탁에서 나츠코에게 투덜거렸습니다.

"어쩔 수 없잖아. 그 환자들 모두, 일본인 세 명 중 한 명이 그 때문에 죽는다는 병하고 싸우고 있잖아. 받아들일 때까지는 제각기 시간이 걸리는 거야."

"그런 걸까……"

"당신 우울증 때문에 방에 처박혀만 있었을 때 어떤 기분이었어?"

또 우울증 얘기입니다.

대학에 입학한 후 기다리고 기다리던 쌍둥이 키요미와 하루미가 태어나고, 나츠코와 함께 네 식구가 오키나와에서 순풍에 돛을 단 듯한 나날을 보냈습니다.

그런데 대학 생활 4년째 되는 해, 장인이 불쑥 오키나와에 나타났습니다. 불길한 예감이 들었습니다. 아니나다를까, 장인은 이렇게 말했습니다.

"쓰쿠지에 두 세대가 같이 살 수 있는 집을 지어놨으니, 나츠코와 아이들을 데리고 가야겠네."

나는 내 귀를 의심했지만, 장인 덕택에 생활을 꾸리고 있는 터라 장인의 말을 거역할 수가 없었습니다. 그리고 한 달 후, 요트부의 마스코트였던 하루미와 키요미, 그리고 나츠코는 도쿄로 돌아가고 나는 의사가 되기 위해 혼자 오키나와에 남았습니다.

그 때입니다. 나는 너무도 외로운 나머지 우울증에 걸리고 말았습니다.

나츠코가 또 우울증 얘기를 꺼내는 바람에 기억하고 싶지도 않은 옛날 일이 뇌리를 스쳤습니다.

"그, 그야 죽고 싶을 정도로 힘들었지. 이런 식으로 앞으로도 몇 년을 더 살아야 하나 하고 생각하면 차라리 죽는 게 낫겠다 싶었지."

당시 그런 나를 구원해 준 사람은 낸서 리리였습니다. 나츠코 몰래 리리와 바람을 피웠거든요.

"봐, 당신도 그랬잖아. 모두들 인생의 종말을 예감하고 있는 환자들이야. 그러니까 큰일 아니면 너그럽게 눈 감아 줘."

나츠코는 정말 여간내기가 아닙니다.

나는 남자에게 속아 댄서가 된 리리와 서로의 상처를 핥아주듯 관계를 지속했지만 지금은 크게 반성하고 있습니다.

늘 명랑하고 주위 사람들을 편안하게 해 주는 나츠코의 매력을 알아차렸으니까요. 나보다는 그녀가 암센터의 카운슬러가 되는 편이 좋지 않을까 싶을 때도 있습니다.

"마음 상태가 그렇게 된 사람은 이성으로 감정을 조절하지 못해서 세 살짜리 어린애로 돌아간대. 어떤 책에 그렇게 쓰여 있었어."

"흠, 세 살짜리 어린애라…… 그런 말 들으니까 마음이 조금은 가벼워진다."

"그럼 됐네 뭐."

만약 나츠코가 내 얘기에 귀기울여주지 않는다면 나는 정신과 의사이면서 또다시 우울증에 빠질지도 모르겠습니다.

"여보, 나 할 줄 아는 거 아무것도 없지만 얘기만큼은 잘 들어줄 수 있으니까, 사양 말고 뭐든 다 얘기해."

부엌에서 설거지를 하면서 나츠코가 말했습니다.

암 센터 8층에 있는 하라다 부장의 연구실입니다.

"긴히 할 얘기가 있으니까 1시에 연구실로 오도록. 시간 엄수해야 돼."

그런데 시간은 벌써 2시가 넘었습니다. 따분해서 실내를 이리저리 돌아보고 있는데, 온갖 표어가 쓰인 커다란 액자가 걸려 있습니다.

그저 장식을 위해서인지 아니면 신조 같은 것인지……

'모든 것은 듣기에서 시작된다.'

'서두르지 말고 차근차근.'

'성실본위.'

……

표어들을 중얼중얼 읽고 있는데, 하라다 부장이 그제야 나타났습니다.

"아, 이거 미안하게 됐군. 내가 좀 늦었어."

말은 그렇게 했지만, 늦었다고 미안해하는 기색은 전혀 없습니다.

"16층에 왜 그 췌장암 여자 환자 있잖나. 우울증이 심해져서 얼마나 남편 흉을 보는지, 1시간이나 붙잡혀 있었어. 이거야 원! 내내 얻어맞고 살았다느니, 저녁상 차려놓고 언제 들어올지 모르는 남편을 기다리는데, 얼마나 외로웠는지 몰랐다느니…… 나한테 말해서 뭘 어쩌겠다고. 그 아줌마 정신력이 부족하다니까, 정신력이."

하라다 부장은 정신과의 권위자로 저서를 몇 권이나 출판한 유명한 의사입니다. 그런데 모든 정신병의 근원은 정신력의 부족에 있다고 생각하는 듯합니다.

"바로 본론으로 들어가지."

하라다 부장은 정색을 하고 불쑥 말을 꺼냈습니다. 순간 '혹 다중인격자 아니야' 하고 생각했을 정도입니다.

"네."

"자네 수고 많이 했어. 이제 샌드백 노릇 그만해도

돼."

"넷?"

"잘 했어."

부장은 조용히 담배에 불을 붙였습니다. 가람 담배의 달콤한 냄새가 실내에 퍼졌습니다. 나는 부장의 침착한 표정에 왠지 기가 죽어 어눌하게 말했습니다.

"그러니까, 저, 잘리는 겁니까?"

부장은 지긋이 눈을 감으면서 말없이 왼손을 내저었습니다.

"준이치 자네, 잘 들어. 새로운 프로젝트야."

"네?"

"대머리 독수리 작전에 자네를 임명하네."

하라다 부장은 내 어깨를 꽉 잡고 말했습니다.

"네? 대머리 독수리 작전이오?"

"어리버리한 자네가 알아듣기 쉽게 내 얘기해 주지."

"네."

"자네 정신과 의사 엘리자베스 큐블리 로스라고 아나?"

"네, 압니다. 센다이에 있을 때 들은 적이 있거든요."

"그랬군. 로스 박사는 말이야, 《죽음의 순간》이란 책으로도 유명한데, 1960년대 말에, 살 날이 얼마 남지 않은 말기암 환자를 200명이나 찾아다니면서, 그 사람들이 대체 무슨 생각을 하는지 인터뷰한 대단한 사람이지. 요즘이야 삶의 질이다 뭐다 하고 떠들지만, 당시만 해도 죽음이란 끔찍한 일이었거든. 그래서 로스 박사는 동료들에게 죽은 사람에게 꼬여드는 대머리 독수리란 별명으로 불리면서 따돌림을 받았다고 하네."

"네, 그런데……."

"그런데도 로스 박사는 그 힘든 일을 몇 년이나 계속해서 《죽음의 순간》이란 책에 이론을 체계화했어. 결국 지금은 로스 박사의 업적을 기리지 않는 사람이 없을 정도지. 정말 대단한 의사였어."

"네, 그런데 그 대머리 독수리 작전이란……."

"자네 왜 그렇게 머리가 안 돌아가나. 난 말이지, 의사가 되면서 일본의 큐블러가 되는 것이 꿈이었네. 그런데 딱 한 가지 문제가 있단 말일세. 큐블러 박사의 연구 결과는 다민족 국가에서는 통용이 돼. 특히 구미 사람들은 말이 표정과 일치하니까 말이야. 그런데 그 굉장한 연구가 일본에서는 통용이 안 된단 말이야."

"네? 그건 왜죠?"

"일본말의 커뮤니케이션 스킬이 일본 제품하고 똑같아서 너무 정교하거든. 자네도 일본 사람이니까 잘 알겠지, 와비와 사비* 처럼 말이야. 환자가 겉으로는 고맙다고 말해놓고, 커튼을 닫으면 '저 인간' 하고 중얼거리기도 하거든. 즉 일본말에는 겉과 속이 존재한다는 말이야. 일본에서는 대화를 하면서 상대방의 속내를 파악하기가 어려워. 난 오래도록 미국에 유학하면서 밖에서 일본을 봤기 때문에 잘 알 수 있지."

"그런가요."

"이 좁은 땅에서 모두 힘을 합해 논밭을 일구면서 살아왔으니 자기 주장 같은 거 해봐, 큰일 나지, 수습이 안 될 거 아니야. 그래서 모두들 자기를 죽이고 윗사람의 명령에 따랐던 거야. 오늘날의 일본 사회도 그렇잖아. 이 병원도 마찬가지고. 원상이 최고 주도권을 쥐고 있잖나. 자네도 위에서 하라는 대로 움직이고 있잖

---

* 외로움, 쓸쓸함, 적적함을 나타내는 일본말인데 뜻은 비슷해도 뉘앙스가 약간 다르다

아?"

네, 그렇습니다. 나는 하라다 부장이 하라는 대로 하죠.

"이건 좀 다른 얘긴데, 나 로스 박사의 병원에 있을 때, 현지에 있는 일본 주재원이 건강이 안 좋아서 외래를 찾아온 일이 있었어. 미국인 의사가 〈How are you today?〉하고 증세를 묻는데, 일본 사람 대답이 〈I'm fine, thank you.〉인 거야. 아파서 병원에 온 거잖아, 그런데 〈I'm fine thank you.〉가 뭐냐고. 그런데 그게 일본 사람이야."

"그 얘기, 대머리 독수리 작전하고 무슨 관계가 있죠?"

"그러니까 말이야. 귀 기울여서 잘 들어. 자네 정부에서 '제3차 암 박멸계획'을 발표한 거 알고 있지?"

"네, 압니다. 10년 계획으로 엄청난 투자를 한다면서요."

하라다 부장은 피식 하고 묘하게 웃었습니다.

"드디어 내 꿈을 실현할 기회가 온 거야. 일본의 큐블러 로스! 아니지, 큐블러 하라다. 예산을 따냈어. 이제 남은 것은 행동뿐. 겉과 속이 다른 거짓말쟁이 환자들의 입을 열게 해야 해. 그 소임을 자네에게 명하겠네. 준이치, 자넨 풋내기니까 간호사나 다른 의사들이 별 기대를 하지 않을 거야. 그러니까 자네 마음대로 해도 되네. 아무튼 환자들을 인터뷰 하는 거야."

부장은 눈을 치켜뜨고 벌겋게 달아오른 얼굴로 "나는 큐블러 하라다야. 인세가 쏟아져 들어올걸"이라며 연구실 안을 빙빙 돌아다녔습니다.

나 역시 '분노의 샌드백'에서 해방되어 "대머리 독수리, 대머리 독수리" 하고 중얼거리면서 부장을 따라 빙빙 돌았습니다.

이 대머리 독수리 작전이 '편지 가게 Heaven'으로 발전할 줄이야, 그 때는 알 턱이 없었죠.

그 다음 날부터 당장 대머리 독수리 작전이 시작되었습니다.

형사가 된 셈 치고 청취 조사를 하는 것입니다. 콜롬보라도 된 기분으로 12층에 있는 소아 병동부터 시작했습니다.

그런데 12층에는 별로 와본 일이 없어서 놀라운 일이 한 두가지가 아니었습니다. 환자들이 모두 우리 아이들하고 비슷한 또래의 아이들이었습니다. 머리와 눈썹을 밀고, 침대에 축 늘어져 링거 주사를 맞고 있는 아이도 있습니다.

충격적이었습니다. 학생 시절에 소아과에 근무한 일이 있기 때문에 아이들의 병에 대해서는 나름대로 잘 알고 있습니다. 우리 아이가 열이 올라 밤중에 응급실로 뛰어가는 일에도 익숙합니다.

병실을 돌다 보면, 아직 한 살도 되지 않은 아기의 크림빵처럼 조그만 손에 주삿 바늘이 꽂혀 있습니다. 젊은 엄마가 곁에서 걱정스러운 표정으로 지켜보고 있습니다. 나는 뭐라 말을 걸 수가 없었습니다.

아무튼 A 병동 전체를 한 바퀴 돌았지만 결국 아무 소득도 없었습니다. 왼손으로 입을 막고 침통한 표정으로 환자를 쳐다보면 주임 간호사가 달려와, "선생님, 무슨 일이세요?"라며 걱정스럽게 묻습니다. 이러저러한 일로 어쩌구저쩌구 하고 설명하면, "큰 병을 앓고 있는 아이들이 어떻게 어른이 알 수 있도록 설명할 수 있겠어요, 위층으로 가보세요"라고 구박합니다.

"저렇게 생각이 없어서야!"

내 등에 꽂히는 그 말을 듣고 나는 그 자리를 뜰 수밖에 없었습니다.

13층은 단기 입원 병동입니다. 때문에 일본 각지는 물론 홍콩, 중국, 괌, 호주 등지에서 검사를 받으러 온 사람도 있습니다.

이 층은 검사를 목적으로 입원한 사람들이 많기 때문에 평균 입원일수는 일주일 정도. 차례가 밀려 간혹 일주일 넘게 머무는 사람도 있지만 그런 사람들은 대개 14층 위에 있는 전문 병동으로 병실을 옮깁니다. 요컨대 사람들의 들고남이 많은 곳이죠.

그래서 심각함이 덜한 13층을 A병동부터 차례로 돌기 시작했습니다. 그러나 매뉴얼은 없습니다. 피크닉에 있을 때 같으면 영업용 미소를 띠고 "어서오십시오"라고 하면 그만이었지만.

"안녕하세요. 정신과에 있는 노노가미입니다. 별일 없으시죠?"

란 질문과 함께 과감하게 커튼을 젖힙니다.

침대에서 몸을 일으킨 환자들.

"아, 예! 그럭저럭 지내고 있습니다."

"하느님만이 아시겠죠."

"허리가 좀 아픈데. 검사 결과를 보면 확실하게 알 수 있을 테니까."

이렇게 대꾸해 주는 환자가 있는가 하면 버럭 화를 내는 환자도 있습니다.

"정신과에서 무슨 일이야. 난 그런 나약한 사내가 아니라고!"

더 골치아픈 것은 여자 환자들. 4,50이 넘은 중년의 아줌마들입니다. 처음에는 정중하게 의사 대접을 해 주다가 시간이 흐르면 대답하기 곤란한 질문을 해댑니다.

"외과의 야마자키 선생님 말인데요, 그 사람 실력 믿을 만한가요?"

"그 부장 간호사, 얼마나 건방을 떠는지, 어떻게 좀 안 되나요?"

"너스 센터에서 커피 좀 갖다 주세요."

온갖 질문과 주문 공세에 청취 조사 운운할 상황이

아닙니다.

 사흘째 나는 '대머리 독수리 작전'이 얼마나 넘기 어려운 허들인지 절감했습니다. 앙케이트 용지를 나눠 줘 봤자 회수율은 낮고, '면역력이 높아지는 좀더 맛있는 밥을 달라' '옆 침대 환자를 찾아온 면회객 때문에 시끄러워서 살 수가 없다' 는 등의 엉뚱한 답변뿐이라 큐블러 로스 박사의 흉내는 낼 수도 없었습니다.
 나는 하라다 부장에게 도저히 못하겠다고 솔직하게 말했습니다. 하라다 부장은 명예와 인세가 걸린 문제인지라 팔짱을 끼고 심각한 표정입니다. 그러고는 생각끝에 이렇게 말했습니다.
 "알았어. 내일부터 자네는 유카다를 입고 아예 환자가 되게. 나는 자네의 그 하얀 가운이 걸림돌이 아닌가 싶어. 환자들은 의사에게는 본심을 털어놓지 않는 법이거든."
 그럴듯한 발언이지만, 아무리 그래도 나는 의사입니다. 의사가 그런 일을 하는 데 왜 유카나까지 입어야 하는지요.

"자네, 미국의 FBI나 CIA에 잠입 수사관이 있는 거 알지. 그걸 뭐라더라."

"언더 커버 말씀입니까?"

"아아, 그래. 언더그라운드. 내일부터 자네 그렇게 해. 작전명은 '언더그라운드 계획'. 빈 침대 찾아둘 테니까."

언더그라운드가 아니라 언더 커버인데, 여전히 사람의 말 따윈 듣지 않는 사람입니다. 나는 의사인 내가 왜 환자복을 입어야 하는지 납득할 수 없었지만, 하라다 부장이 직접 나서는 것보다는 환자들의 솔직한 마음을 알아낼 수 있을 것 같아 그렇게 하기로 했습니다.

"아, 자네. 유카다 없지?"

"네."

"아래 편의점에 가서 사 오게. 그리고 이 계획은 간호사들의 도움이 절대적이니까, 간호사들의 비위를 건드리지 않도록 주의하고. 백화점에 가서 간호사들이 좋아하는 케이크도 좀 사 오게."

"네, 알겠습니다. 그런데 예산은 어느 정도로?"

"음, 내가 일본의 큐블러 로스가 될 계획이니까, 어

떻든 이 정도는 투자를 해야지."

부장은 지갑에서 1만 엔짜리 지폐를 꺼내 내게 건넸습니다. 그래도 제법 멋진 구석이 있는데 싶어 감탄스러웠습니다.

"조각 케이크로 사 와, 단 거 말고. 간호사들은 대개 불규칙적으로 일하니까, 살 찔까 봐 신경 많이 쓴다고."

"네."

연구실에서 나오려는데 뒤에서 부장의 마지막 말이 들렸습니다.

"영수증 꼭 챙겨오고. 자네 몫은 사는 거 아냐."

다음 날 나는 1층에 있는 편의점에서 LL사이즈 유카다를 사고, 긴자의 백화점 지하에 가서 조각 케이크를 사들고 병원으로 돌아왔습니다.

하라다 부장의 말대로 간호사실에 있는 부장을 찾아가 케이크 상자를 내밀자 다들 기뻐했습니다. 한방에 회유에 성공한 것이죠.

하라다 부장은 나를 위해 4인용 병실의 창가쪽 침대

를 마련해 주었습니다. 오른팔에는 링거 바늘이 꽂혔습니다. 자고 난 사람처럼 머리를 헝클어뜨리고 유카다 차림에 슬리퍼를 신고 링거 캐스터를 끌고 다니니 차림새도 마음도 정말 환자 같았습니다.

 커다란 창문으로 레인보우 브릿지와 스미다 강이 내다보였습니다. 진짜 환자들은 인생의 종말을 맞아 과연 무슨 생각을 할까요.

 그러나 언더그라운드 계획은 생각만큼 쉽게 진행되지 않았습니다.

 그나마 발견한 것이 있다면, 의사의 회진이 끝나고 커튼이 닫히면 그 안에서 중얼중얼 속내를 내뱉거나 간병하는 아내에게 불평을 늘어놓는다는 것.

 간호사들에게 마음을 열고 온갖 얘기를 하기도 하지만 때로는 마치 하인 부리듯 심부름을 시키고 화풀이를 한다는 것.

 그러면서도 입김이 센 부장이나 주임 수준의 간호사들에게는 절대 건방진 태도를 취하지 않는다는 것.

 작전 덕에 알게 된 것은 많지만, 이렇게 커튼 속에

갇혀 있다가 정말 환자가 되는 게 아닌가 싶을 정도로 괴로운 일이 한두 가지가 아니었습니다.

종일 침대에 누워 텔레비전이나 쳐다보고 있다 보면 허리가 아픕니다. 공기는 탁하고 답답하고, 꼼짝도 않고 있는데 하루 세 끼 시간이 되면 꼬박꼬박 식사가 나오고. 그것도 커튼을 친 어두운 공간에서 혼자 우물우물 먹어야 합니다. 특히 저녁 때는 혼자 밥을 먹다가 대체 무슨 짓을 하고 있는 것인가 싶어 어처구니가 없어집니다. 가족들과 함께 먹는 식사가 그리워집니다.

밤이 되어도 편하지 않은 것은 마찬가지입니다.

남자 환자들은 수면제를 달라고 아우성입니다. 불안과 걱정으로 잠을 이룰 수가 없기 때문이죠. 간병하던 아내가 돌아가고 9시가 되어 사방이 고요해집니다. 그런데 그 때부터 커튼 속에서 소곤거리는 소리가 들리기 시작합니다.

자영업을 하는 연배의 남자는 애인인 듯한 여자와 낮은 소리로 잡담을 나누고, 옆 침대의 청년은 시간이 몇 시든 상관없이 타닥타닥 키보드를 두드립니다.

또 어떤 병실의 아저씨는 낮에는 친절하고 얌전한

데, 밤만 되면 황소개구리로 변신합니다. 조용한 4인용 병실에서 황소개구리의 울음소리가 밤새 울려퍼집니다. 덕분에 나는 사흘이나 밤잠을 자지 못했습니다.

그래서 아침 6시 회진을 돌면서,

"다케다 씨, 잘 주무셨어요?" 하고 물었더니,

"글쎄 수면제를 먹고 잤는데도, 잠자리가 바뀌어서 그런지 통 잠이 안 와요." 라고 대답하더군요. 그렇게 드르렁거리면서 자놓고는 뭐가 잠이 안 온다는 것인지 알 수가 없습니다.

하라다 부장의 지시에 따라 침대가 빌 때마다 이리저리 병실을 옮겨 다니면서 테이프 리코더에 환자들의 목소리를 녹음했습니다.

하지만 이 언더그라운드 계획은 얼마 못 가 난관에 봉착했습니다.

몇 가지 이유가 있지만 가장 큰 문제는 매일 밤 병원에서 먹고 자느라 집에 돌아갈 수 없었던 것입니다. 나츠코는 내 일에 대해 충분히 이해해 주었지만 아이들이 "왜 아빠는 안 와?"라며 매일 밤 투덜거린다는 것입니다. 또 환자인 척 가장하고 병원 침대에 누워 있는 일이 정신적으로 상당한 부담이었습니다. 그런 정신 상태로 녹음을 잔뜩 해봐야 제대로 된 원고가 나올 리 없지요.

하라다 부장 역시 내 원고의 완성도가 불만스러운 듯했습니다. 그리고 일본의 큐블러 로스의 꿈이 점점 멀어지는 것을 절감했는지 짜증을 내곤 합니다.

"뭐 없을까! 좋은 방법이?"

"나도 침대에만 누워 있자니 너무 따분해서 로스 박사의 책을 읽어봤지만, 청취 조사의 요령 같은 것은 전혀 쓰여 있지 않았습니다."

"결국 겉과 속이 다른 거짓말쟁이들의 나라 일본에서는 큐블러 하라다의 탄생이 무리였나."

하라다 부장은 안타깝다는 듯이 중얼거렸습니다.

그 즈음에 금어의 계절에 들어가 여유가 생긴 겐조 할아버지가 스페인령 카나리아제도에서 이베리아 항공 비즈니스클래스를 타고 불쑥 나타났습니다.

겐조 할아버지는 카나리아 제도에서 참치 도매상을 하는 나츠코의 아버지, 즉 장인의 아버지입니다.

카나리아 제도는 지중해는 물론 남쪽의 남아프리카의 연안과 북쪽의 노르웨이 연안에서 조업을 하는 배들이 모여드는 자유무역항으로, 어업 관련 일본 기업도 많이 진출해 있는 곳입니다. 일본계가 백 세대 정도 살고 있는 그곳에서 겐조 할아버지는 이주민 제1세대로 참치 공수에 성공한 일인자라고 합니다. 한편 카나리아 제도와 모로코, 모리타니아에 문어와 오징어 가공 공장을 갖고 있는데, 일본에서 소비하는 문어와 오징어의 80퍼센트는 이 카나리아산이라고 합니다.

겐조 할아버지는 손녀인 나츠코를 유독 귀여워하여 손녀사위인 내게도 무척 자상했습니다. 의학부 입학을 축하한다면서 입학금과 6년간의 수업료까지 보내준 걸 보면, 장인의 아버지라는 것이 믿어지지 않을 정도입니다.

그런 겐조 할아버지가 잠시 일본을 찾은 것입니다. 나리타 공항으로 마중을 나가자 이마가 번들거리는 것이 장인하고 비슷한 할아버지가 게이트에서 나왔습니다. 하얀 속바지에 갈색 복대, 앞이 벌어진 셔츠에 감색 장화, 머리에는 수건을 질끈 동여매고 있습니다. 겐조 할아버지의 모습이 공항의 화려함과는 전혀 어울리지 않지만, "비행기 오래 탈 때는 이런 차림이 최고로 편하지!"라고 합니다.

"여, 준이치, 나츠코. 코모에스타. 오오, 키요, 하루! 요놈들, 많이 컸구나!"

겐조 할아버지는 만면에 웃음을 띠고 키요미와 하루미의 볼에 볼을 부벼댑니다.

일곱 살이 된 키요미와 하루미도 할아버지를 굉장히 좋아합니다. 호탕해서 잔소리 같은 것도 하지 않는데다, 뱃사람이라 전세계의 재미나는 얘기들을 모조리 들려주기 때문입니다.

겐조 할아버지 옆에는 머리끝에서 발끝까지 루이 뷔통으로 휘감은 패트리시아가 큰 키에 넉넉한 몸집, 풍만한 가슴을 자랑하듯 걸어 나왔습니다.

그녀는 "준이치!"라고 내 이름을 부르면서 두 팔을 한껏 벌리고 서양식으로 포옹했습니다. 야마나시의 시골 촌구석에서 자란 나는 이 서양식 포옹과 키스에 그만 기가 죽고 말았습니다. 물톤 나츠코의 시선도 신경에 쓰였습니다.

그런 내 마음을 아는지 모르는지 나츠코는 패트리시아와 포옹을 하고 키스를 나누고, 겐조 할아버지와도 껴안고 포옹했습니다. 나츠코는 유치원부터 미션계를 다녔기 때문에 외국인과 접할 기회가 많았던 덕분인지, 외국인들의 문화나 습관, 언어에 별 위화감이 없는 듯 보였습니다.

"닥터 준이치, 그래 일은 어떤가? 잘 돼 가나?"

호텔로 향하는 차 속에서 겐조 할아버지가 내 아픈 곳을 찔렀습니다.

나는 언더그라운드 계획의 장기화로 가족과 지낼 시간이 없어 일에 염증을 느끼고 있던 참이었습니다. 하고 싶지 않은 일을 억지로 해야 하니 스트레스가 쌓여 우울증이 재발할 것 같은 시기였습니다.

"글쎄요……."

나는 말을 얼버무릴 수밖에 없었습니다.

"무슨 곤란한 일이 있는 모양이로군. 처음에는 다들 그래. 내일 어디 가서 밥이라도 같이 먹지."

겐조 할아버지는 호방한 목소리로 그렇게 말하고는 패트리시아와 나란히 롯본기 그랜드 하이야트 도쿄의 호화찬란한 출입문으로 사라졌습니다.

패트리시아가 도중에 돌아서서 우리들에게 윙크와 키스를 날리며 "차오!"라고 말하자, 나츠코와 키요미, 하루미도 "차오!"라고 답했습니다.

집으로 돌아오는 차 속에서 키요미와 하루미는 서로에게 윙크와 키스를 날리면서 "차오!"를 연발하는 등 법석을 떨었습니다. 나츠코도 덩달아 "차오! 코모에스따, 세뇨리따."라며 아이들에게 응수했습니다. 하루미가 "아스따 루에꼬(그럼 또)!"라고 대답하자, 차 안이 스페인 회화 교실이라도 된 분위기였습니다. 스페인어의 발음은 혀를 굴리는 R을 제외하면 비교적 일본어와 비슷해서 왠지 모르게 친근감이 느껴졌습니다.

이 곳은 암 센터에서 걸어서 3분, 신바시 연무장 건너편에 있는 아주 세련된 철판구이 프랑스 음식점입니다.

가게 입구는 전면이 뽀얀 우윳빛 유리이고, 별 다섯 개짜리 프랑스의 레스토랑에서 보내주었다는 사람 크기의 스푼과 포크 오브제가 양쪽에 서 있습니다. 간판도 없어서 언뜻 보면 고급 부띠끄같은데, 우웃빛 유리 위쪽에 보일 듯 말 듯 가게 이름이 알파벳으로 장식되어 있습니다.

안으로 들어가자 유럽의 앤틱 제품이 선반을 장식하고 있고, 천장은 가가 마에다 번의 고택에서 옮겨왔다는 굵직한 대들보가 바치고 있어 일본 문화와 서양 문화가 자연스럽게 조화를 이루고 있습니다. 마치 메이지 시대 귀족이 즐겨 사용한 레스토랑처럼 공간이 넉넉하고 여유롭습니다.

실내는 각 방으로 나뉘어 있어 요리를 하는 셰이프의 모습을 직접 보면서 식사 시간을 즐길 수 있습니다. 긴자에서 이렇게 넓은 공간을 차지하고 있는 것에 비에 가격은 웬만합니다. 포도주를 마시면서 겐조 할아버지 부부와 우리 부부는 런치를 먹었습니다.

겐조 할아버지는 장인과 풍모는 비슷하지만 눈치가 빠르고 자상한 성품이라, 오늘 이 자리에도 나를 배려하여 장인을 부르지 않은 것 같았습니다.

패트리시아는 오늘 아침에 포터블 DVD 플레이어를 산 모양입니다. 설명서를 읽으면서 잘 모르겠다고 나츠코에게 도움을 청합니다.

전채인 문어 마리나라와 스프가 나오자 겐조 할아버지는 내 일에 대해 물었습니다. 너그럽고 아량 있는 겐조 할아버지와 얘기하다 보면 나도 모르게 속에 있는 말을 털어놓게 됩니다. 나는 가슴에 쌓여 있던 분노와 불만을 그만 다 털어놓고 말았습니다.

환자들의 샌드백이었다는 것, 제3차 암 박멸 계획, 하라다 부장의 큐블러 하라다에 대한 꿈, 대머리 독수리 작전, 언더그라운드 계획, 가족을 좀처럼 만날 수 없다는 것…….

겐조 할아버지는 흥미롭다는 듯이 얘기를 들으면서 간혹 "허.""그랬군"이라고 맞장구를 쳤습니다. 내 얘기가 다 끝나자 겐조 할아버지는 이렇게 물었습니다.

"자네, 내일 내게 병원 안내 좀 해 주겠나?"

이튿날 아침 7시. 겐조 할아버지는 패트리시아와 함께 택시를 타고 암 센터 정문 앞에 나타났습니다. 둘 다 잠옷 차림이었습니다.

겐조 할아버지는 '전형적인 할아버지 환자'였지만

하얀 실크 가운을 걸친 패트리시아는 도저히 환자로 보이지 않았습니다. 더구나 실크 가운 속으로 빨간 브래지어와 팬티가 그대로 비쳐 보였습니다.

나는 평소 입지 않는 하얀 가운을 그들에게 입히고 병원 내부를 속속들이 안내해 주었습니다.

젠조 할아버지는 고개를 끄덕거리며 간호사실과 면회실 등을 돌아보았습니다. 때때로 병실에 혼자 있는 노인에게 말을 걸기도 하고, 회진을 하는 의사진들의 뒤를 따라가기도 하고, 또 간혹 멈춰 서서 메모를 하기도 했습니다. 그런데 12층의 소아병동으로 올라가자 그 대단한 할아버지의 눈에도 눈물이 맺혔습니다.

마지막으로 19층에 올라갔습니다. 젠조 할아버지는 이 층에 있는 레스토랑을 가리키며, 잠시 그곳에서 차를 마시고 있으라고 하고는 어디론가 사라져 버렸습니다.

한 시간 후, 젠조 할아버지는 머리를 단정하게 손질하고 수염까지 깎은 얼굴로 레스토랑 '오솔길'에 나타났습니다. 발그스름하게 상기된 모습이 아주 만족스러워 보입니다.

그러고 보니 19층에는 남녀가 격일로 사용할 수 있는 환자 전용 전망 욕탕이 있고, 미용실과 이발소도 있습니다.

겐조 할아버지가 점심이나 먹자고 하여 반대쪽에 있는 '퀵 마이스터'로 갔습니다. 오솔길에 비하면 소박하지만, 메뉴가 다양하고 계란말이, 나물, 돼지고기 조림, 미니 샐러드 등 반찬류도 많고, 도시락의 가짓수도 많은데다 주문하면 병실까지 배달도 해 주는 세련되고 캐주얼한 가게입니다. 간호사와 의사들도 즐겨 사용하는 곳이라 점심시간에는 손님으로 복작복작합니다.

겐조 할아버지는 발코니 자리를 가리키며 아무도 없는 외부 테이블에 앉아 비빔밥을 삼인분 주문했습니다. 그러고는 그 옆에 있는 넓은 공간을 흘깃거리며 "길이가 60피트, 너비가 25에서 35피트, 입구는 약간 굽었으니까, 30미트에 15피트 정도가 되려나" 하고 중얼거리면서 눈짐작을 하고 있습니다.

비빔밥이 나왔을 때에야 겐조 할아버지가 내게 말을 꺼냈습니다.

"준이치, 결론부터 말하지. 자네가 지금 하고 있다는

언더그라운드 계획, 괜찮은 것 같아. 다만 언더는 어디까지나 언더. 사람들 눈에 뜨이기까지 시간이 걸리겠지."

나도 족히 알고 있는 옳은 말입니다.

"그런데 말이야. 나는 편지 가게가 어떻겠나 싶어."

너무도 갑작스러운 아이디어라, 무슨 소리를 하는 것인지 뜻을 알 수 없습니다.

"뭐, 뭐라고요? 편지 가게라뇨?"

"음, 편지를 대필해 주는 거야. 환자들의 마음을 카운슬링하면서 편지 한 장으로 정리해주는 거지."

"아, 네."

관공서에서 공증을 해주는 사람을 말하는 것일까요. 그 의도를 알 수가 없습니다.

"들어보게. 반나절 정도 이 병원을 죽 돌아다녀봤는데, 마음 속에 울부짖음 같은 것을 담고 있는 환자들이 눈에 많이 뜨였네. 말로는 표현을 못하는. 그런데 이 병원에는 그런 외침을 들어주는 사람이나 장소가 없어. 있다고 해봐야 각 층에 있는 면담실과 전망 욕탕, 이발소 정도지. 이발소에 15년 동안 근무하고 있다는 하나코 씨에게 물어봤더니, 손님들 대부분이 자기에게 속내를 털어놓는다는 거야. 게다가 그 하나코 씨는 병원 내부 사정에 대해서도 잘 알고 있었어. 자네 담당 교수인 하라다 부장은 간호사들에게는 별로 인기가 없는 듯하더군."

하라다 부장은 간호사들에게 친절하게 대하지 않습니다.

"그, 그런가요?"

"자네, 하나코 씨가 왜 그렇게 잘 아는 줄 아는가? 물론 그녀 성격 때문이기도 하지만 좀 떨어진 곳에 있기 때문이야. 안전한 거지. 게다가 엉뚱한 사람에게 떠들어대지도 않고."

아직도 겐조 할아버지가 무슨 말을 하고 싶은 것인지 알 수 없습니다.

"사람은 소용돌이 속에 휘말리면 앞이 보이지 않는 법이야. 한번이라도 해외에 나가 본 사람이면 일본의 이상한 점을 분명하게 알게 되지. 그러니까 조금 떨어져서 냉정하게 객관적으로 볼 필요가 있다는 거야."

조금씩 알 것 같기도 합니다. 나는 과연 겐조 할아버

지의 말대로 내 주위의 사소한 일들밖에 모릅니다.

"그건 그렇고, 저 공간이 비어 있는 것 같은데, 사용할 수 있을까?"

젠조 할아버지는 오솔길과 퀵 마이스터 사이에 있는 공간을 가리켰습니다.

"글쎄요, 내가 왔을 때도 저렇게 비어 있었는데, 잘 모르겠습니다."

"그래, 그럼 그 작자에게 물어보면 되겠군."

젠조 할아버지는 고개를 끄덕거리며 무슨 생각에 빠졌습니다.

"나는 마음을 정했네. 지금부터 구체적으로 말할 테니까, 자네 잘 들어."

"네."

"우선은 말이지, 저 넓은 공간에 길이 30피트 정도의 요트를 집어넣는 거야."

"넷? 요트요!"

"그래, 요트."

"30피트나 되는 요트를 어떻게, 안 들어가요. 더구나 여긴 19층인데, 어떻게 요트를 가져와요."

"아, 그 일은 내게 맡겨. 그 요트 안의 캐빈을 자네의 편지 가게로 꾸미는 거야. 스턴은 잘라내고 양쪽으로 열리는 문을 달고. 밸리어 프리, 휠체어든 들것이든 들어 올 수 있게 말이지. 다행히 너비가 충분해. 그리고 캐빈 앞쪽에 있는 침대 밑에 슬라이드 도어를 설치하고, 바깥쪽으로 외양 크루즈선처럼 티크 데크, 발판이 달려 있는 리크라이닝 시트, 그 옆에 남서쪽으로 조금 남는 부분에는 사람 하나가 들어갈 수 있을 정도의 노송나무 욕조, 크루즈선의 특실 밑에 있는 일등실이라고 생각하면 되지. 여기서 스미다 강과 도쿄의 야경을 바라보는 거야. 그리고 입구에서 들어오는 긴 복도는 식물원처럼 화분과 꽃나무로 꾸미는 거야. 거기는 두꺼운 유리로 덮여 있으니까, 온실 효과 덕에 나무들도 잘 자랄 테니까."

어느 틈에 그런 구상을 한 것일까요.

"자, 대충 이런 식이야. 마음의 외침을 포착하고 싶으면 타이밍과 편안한 분위기와 적당한 장소. 그리고 자아를 잊게 하는 청취자, 이 네 가지 요건이 중요하지. 알겠나, 준이치. 내 말대로 해. 사소한 일에는 신경

쓰지 말고. 내가 일본에 있는 동안, 어떻게든 힘써볼 테니까."

그렇게 말한 겐조 할아버지는 자신만만하고 만족스런 표정으로 비빔밥을 한 입 가득 우물거렸습니다. 그 표정이 마치 여름방학을 맞아 바다로 놀러가는 아이 같았습니다.

그 날 저녁, 하라다 부장과 협의를 하고 있는데 나카하라 총장이 느닷없이 나를 찾아왔습니다. 나 같은 풋내기 의사는 감히 쳐다보지도 못할 높으신 분입니다.

"야, 자네! 이거 아이디어가 굉장하더군. 과연 장래가 촉망되는 레지던트야. 하라다 부장하고 의논해서 하고 싶은 대로 해보라고. succeed의 의미는 성공만이 아니야. 계승이란 의미도 있지. 아냐? 학문은 유행을 좇는 것도 중요하지만, 동시에 학문을 멀리서 관망하는 자세도 중요하지. 자네 아이디어는 그런 자세에 아주 딱이야. 겐조에게 다 들었네. 19층에 있는 그 쓸모없는 공간, 마음대로 쓰라고. 어디 하라다 부장의 꿈을 마음껏 펼쳐보라고. 하하하!"

불쑥 나타나 만면에 웃음을 띠고 하는 말이 이랬습니다. 그러고는 금방 돌아가 버렸습니다.
　하라다 부장도 무슨 소린지 몰라 어리둥절해 있습니다.
　"준이치, 자네 무슨 사고 쳤나?"
　부장은 다소 기가 죽은 눈치입니다.
　나는 하라다 부장에게 겐조 할아버지의 생각을 설명해야할지 말아야 할지 참으로 난감했습니다. 부장은 자존심이 몹시 강해서 남의 의견을 귀담아 듣지 않는 사람이니까요.
　그 때, "실례합니다"란 소리와 함께 겐조 할아버지와 패트리시아가 연구실로 들어왔습니다.
　하라다 부장은 패트리시아의 실크 가운 밑으로 비치는 빨간 속옷에 눈길이 못박혀 있습니다. 겐조 할아버지는 정중하게 말을 꺼냈습니다.
　"제 손녀사위가 늘 신세를 지고 있다고 하더군요. 선생님의 활약상은 제가 사는 곳인 카나리아 제도에도 잘 알려져 있습니다. 일본하고 정 반대편인데도 말입니다."

한편 패트리시아는 하라다 부장을 포옹하면서 두 볼에 진한 키스를 했습니다. 빨간 키스 마크가 찍힌 부장은 두 사람의 갑작스러운 출현에 놀라 입도 떼지 못합니다.

겐조 할아버지는,

"이거, 아주 보잘것 없는 것입니다만 지중해에서 나는 것입니다."

라며 하라다 부장에게 종이 꾸러미를 건넸습니다.

영문을 몰라 어리둥절해하며 꾸러미를 건네받은 부장에게 겐조 할아버지는 깍듯하게 고개 숙여 인사하면서 말했습니다.

"앞으로 우리 준이치를 잘 부탁드립니다."

패트리시아까지 고개를 숙이자 하라다 부장은 그 풍만한 가슴에 그만 벌어진 입을 다물지 못합니다.

"그리고 선생님, 그 프로젝트 쪽도 잘 부탁합니다."

"네, 프, 프로젝트요?"

"그래요, 준이치의 아이디어인 '큐블러 하라다'의 실현을 위한 편지 가게 프로젝트 말입니다."

"펴, 편지 가게?"

"나카하라 총장에게 못 들으셨습니까?"

하라다 부장은 잠시 주춤거리며 이상하다는 표정을 짓다가도 옆에 서 있는 패트리시아가 신경에 쓰여 어쩔 줄을 모르는 듯 보였습니다.

"아아, 아, 그거요……."

마치 입과 눈과 뇌가 따로 노는 것 같았습니다.

이때라는 듯이 패트리시아가 몸을 살짝 앞으로 구부려 젖가슴을 드러내보이며 하라다 부장에게 윙크했습니다. 부장은 헉 하고 숨을 삼키고는 퍼뜩 정신을 차린 듯,

"아, 예. 편지가게, 아주 좋습니다. 모든 힘을 합쳐야죠! 총장님도 그렇게 말씀하셨으니까."

이렇게 겐조 할아버지는 내가 고심한 상사와의 문제를 깨끗하게 매듭지어 주었습니다.

그런 후 겐조 할아버지는 신속하게 일을 진행시켰습니다.

제일 먼저 그랑카나리아 옆에 있는 섬 페르테벤추라에 전화를 걸어서 조선소에 근무하는 파코와 산토스라

는 스페인 사람에게 당장 비행기를 타고 일본으로 오라고 전했습니다.

그 다음은 하와이의 마우이 섬에서 플라워 가든을 경영하는 다케다 씨 부부에게 전화를 걸었습니다. 다케다 씨 부부는 오래 전부터 겐조 할아버지와 친분이 있는 사람들로, 전화를 받은 부인은 오랜만에 듣는 할아버지의 목소리에 반가워하면서 "재미있을 것 같네요. 남편하고 의논해 볼게요."라고 했답니다.

그 다음에는 하야마에 사는 지로 씨란 사람에게 전화를 걸었습니다. 지로 씨는 크루저 레이서를 동경하는 요트 디자이너로 경주용 요트 제작에 있어서는 세계적으로 유명한 사람이었습니다.

나라를 위해 모든 것을 걸고 사관으로 지원한 겐조 할아버지는 당시 에다지마 해군병학교에 있던 지로 씨의 아버지에게 크게 신세를 졌다고 합니다.

할아버지는 간단하게 전후사정을 설명하고,

"캐빈만 깔끔하고 예쁘면 되는데, 어디 없겠나?" 하고 물었습니다. 그러자 지로 씨는 잠시 생각하고서,

"아 마침, 하야마 마리나에 YAMAHA30S란 요트가

한 척 있는데, 바라스트*가 깨져서 헐값에 나왔어요. 요트 이름은 'Heaven'인데요. 티크 내장도 꽤 쓸 만하고, 한 번 보기라도 할까요?"

"YAMAHA30S라고, 그거 괜찮겠는데. 당장 보러 가지. 'Heaven'이란 이름도 좋고."

그렇게 얘기는 물 흐르듯 진행되어 이튿 날, 나와 겐조 할아버지는 키요미와 하루미, 나츠코를 데리고 하야마 마리나로 향했습니다.

하야마 마리나에 도착하자 과연 바라스트가 꺾인 노란 YAMAHA30S가 받침대 위에 올려져 있었습니다. 지로 씨가 클럽 하우스에서 반가운 표정으로 성큼성큼 걸어나왔습니다.

"이거 지로도 많이 컸군. 코이치 씨 조선소에서 심부름하던 때는 요만했는데."

"아이구 무슨 말씀입니까. 나도 이제 내년이면 환갑입니다. 하하하하."

바다 사내들은 바람으로 맺어져 있어, 오랜만에 만나도 전혀 거리감이 느껴지지 않을 만큼 정이 두터운가 봅니다.

---
* 배의 중심을 잡아주는 장치

"이 YAMAHA30S, 꽤 괜찮죠?"

"음, 야마하 제품이니까 말이야. 캐빈에 티크도 넉넉하게 사용했고, 보통 요트보다 실내가 널찍한 게 아주 좋은데. 주인은 어떤 사람인가?"

"좀 별난 사람이죠. 체육대학 가라테부 출신인데 원래는 스위스에서 등산 가이드를 했답니다. 그런데 세계 지도에도 없는 수수께끼의 강이 뉴기니아에 있다더군요. 25년 전까지만 해도 식인종이 살았다는 원시적인 곳이랍니다. 남자들은 알몸에 앞가리개만 하고, 여자들은 젖가슴을 덜렁거리면서 산다는데."

"허, 그런 원시의 땅이 뉴기니아에 있단 말인가."

"멸종 위기에 놓인 타스마니안 타이거를 찾아내겠다고 이 YAMAHA30S를 타고 그 언저리까지 탐험을 떠났는데, 1년 전까지만 해도 요트 같은 것은 타본 적도 없는 사람이었답니다. 그런데 느닷없이 그 넓은 바다로 나갔으니, 오가사하라에서 괌을 지나 뉴기니아까지, 요트에다 식료품과 고무보트를 싣고 혼자서 갔다는데, 우리 같은 요트맨 입장에서는 거의 자살 행위죠."

"오, 요즘 같은 세상에 그렇게 패기에 넘치는 젊은이가 있었다니!"

"정말 대단해요. 원래 산악 가이드맨이라서 빈털터리였답니다. 그래서 3년 동안 참치 어선을 타면서 돈을 모았다는군요. '모험에 스폰서는 금물'이라나요. 스폰서가 붙으면 반드시 성공하는 안전한 모험을 하게 되니까 말이죠. 모험이란 모름지기 벤처(위험한 시도)여야 한다고요."

"허어."

"그래서 그는 지금 어디 있는데?"

"아, 이제 곧 올 겁니다. 직장이 없어서 미우라에서 무를 수확하는 아르바이트를 하고 있어요. 이제 한 시간 정도면 올 겁니다."

중년의 그 사나이를 사람들은 모두 '대장'이라고 부르는데, 1년을 소비한 '타스마니안 타이거와 수수께끼의 강'을 찾는 모험은 실패로 끝났다고 합니다.

실외에 빠져 귀국하는데, 쵸자사키에서 메인마스트가 부러지고 물로 희석한 뉴기니아의 엉터리 석유 때문에 엔진까지 고장나는 바람에 모리도 앞바다에서 사케 섬과 충돌, 킬까지 뚝 부러진 후에 사가미 만에 겨우 정박했다고 합니다. 그리고는 끝장이 난 것이죠.

한 시간 후에 나타난 대장은 볕에 그은 가무잡잡한 피부에 쉰 가까운 나이에도 군살 하나 없는 몸집이었죠. 머리칼은 바닷바람에 절어 푸석푸석하고, 짧은 바지에 싸구려 티셔츠를 입고 있었습니다.

흙이 묻은 손은 더럽고 눈은 어디를 쳐다보는지 알 수 없을 정도로 퀭했습니다. 지로 씨가 겐조 할아버지를 소개하자, 같은 뱃사람들이라서 그런지 두 사람은 금방 친해졌습니다.

"얼마라도 상관없으니까, 인수해주십시오."

대장은 그렇게 말하면서 조심스럽게 고개를 숙였습니다.

어떻게든 돈을 모아서 다시 뉴기니아에 가고 싶다면서 말이죠.

뉴기니아의 아름다운 해변과 정글에서 일본인 전사자들의 해골을 많이 봤다고 합니다. 그 수가 몇천 아니 몇만에 이른다는데, 대부분이 무모한 일본군 사령관의 명령에 따라 아사한 사람들이라 그들의 혼을 위로하기 위해 기념비를 세워주고 싶다고 합니다.

겐조 할아버지는 에다시마에서 일본과 천황을 위해 목숨을 바치려 했던 사람입니다. 그런데 원폭으로 신의 영역에 있던 사람이 갑자기 일반시민이 되자, 할아버지는 그 사실이 견딜 수 없어 일본을 떠나 뱃사람이 된 것입니다. 그때문인지 대장의 말에 깊은 감동을 받는 듯했습니다.

"그래 얼마에 팔 작정인가?"

지로 씨가 대장에게 물었습니다.

마스트와 바라스트가 부러진 요트는 해체 비용만 들 뿐 별 가치가 없습니다. 대장은 생각에 잠겨 머뭇거리다가,

"그럼 20만, 아니 10만이라도 좋습니다"라고 맥없는 목소리로 대답했습니다.

겐조 할아버지는,

"페세타로 지불해도 괜찮겠나?" 라고 묻고는 20만 엔에 해당하는 페세타를 건넸습니다.

그리고 이건 팁이라면서 1백80만 엔에 해당하는 페세타를 따로 건넸습니다. 겐조 할아버지는 정말 멋진

분입니다. 장인과는 차원이 다릅니다.

　대장은 고집스럽게 사양하다가,

　"유럽에서는 팁을 주는 것이 당연한 일 아닌가"란 한 마디에 간신히 받아들였습니다. 그러고는 우리의 프로젝트를 거들고 싶다고 자청했습니다.

　그 다음날부터 당장에 해체 작업이 시작되었습니다.

　19층까지 운반하려면 각 부분을 일일이 분리해야 합니다. 스페인에서 온 파코와 산토스까지 가세하여 작업은 순조롭고 신속하게 진행되었습니다.

　지로 씨는 캐빈 내부를 편안하게 개조하기 위해 겐조 할아버지와 연일 의논을 계속합니다.

　그로부터 일주일 후, 쓰쿠지 시장이 쉬는 날 이른 새벽 3시에 선체의 각 부분이 19층으로 운반되었습니다. 장인이 트럭 세 대를 준비해 주어 하야마에서 옮겨 준 선체는 눈 깜짝할 사이에 19층으로 옮겨졌습니다.

　파코와 산토스, 대장이 YAMAHA30S를 재조립하고, 마우이에서 온 다케다 부부는 일본의 화원에서 멋진 야자나무와 꽃나무를 사들였습니다. 덕분에 입구에서 들어오는 긴 복도가 마우이의 고급 호텔처럼 변모했습니다.

 그 중에서 가장 내 마음에 든 것은 입구에 들어서면 바로 있는 직경 1미터 정도의 커다란 화분으로 연두색 나그네의 나무입니다. 파초과의 이 나무는 잎사귀가 부채꼴 모양으로 퍼져 있어 아주 우아한 이미지를 풍깁니다.

 정원 꾸미기가 끝나자 다케다 부부는 아쉬워하면서 마우이로 돌아갔습니다.

 겐조 할아버지는 19층에는 올라오지 않고 내 가운을 빌려 입고는 병원을 어슬렁거리며 돌아다닙니다. "하라다 선생 왈, 이 프로젝트에 5백 만엔 정도는 쏟아 붓는다고 하니까, 자네를 도와줄 만한 여자를 찾는 거야"라고 합니다.

 여름도 어언 끝나갈 무렵, 태평양에서 남풍이 불어오는 어느 오후에 그 프로젝트는 드디어 완성되었습니다.

겐조 할아버지가 또 아이디어를 내어, 소아 병동의 어린 환자들이 선체의 옆면에 바닷속 산호 그림을 그려 주었습니다. 위쪽은 옅은 에메랄드 블루인데 바닥 쪽으로 내려가면서 그 파란색이 짙어집니다. 수면에 반짝이는 햇살도 그려 마치 하얀 빛의 커튼처럼 보입니다.

휠체어를 탄 아이, 들것에 실린 아이, 머리칼은 하나도 없어도 기운찬 아이, 모두들 붓과 팔레트를 들고 신나게 그렸습니다. 검은색 하나로 엄마와 아빠를 그리는 아이, 보라색 물고기만 그리는 아이, 회색 물고기, 짙은 초록색 조개껍데기, 하얀 산호와 오렌지색과 검정 흰동가리와 말미잘을 그리는 아이들을 바라보면서, 큰 것을 배운 듯한 기분이었습니다.

힘든 병을 앓고 있는 아이들의 솔직한 마음이 요트의 옆면에 그려져 있었기 때문입니다.

그 중에서도 다와케지마 초등학교 3학년생인 아이코는 유독 열심이었습니다.

아이코는 하와이와 일본의 두 나라 국적을 갖고 있습니다. 아빠가 호놀룰루에 있는 일본 호텔에 주재원으로 나가 있을 때 태어났기 때문입니다.

그런데 3년 전쯤에 아이코의 몸에 이상이 생겼습니다. 부모님은 당장 현지의 병원으로 아이코를 데리고 가 혈액 검사를 했고, 그 결과 종양수치가 높아 소아암이 의심된다는 진단이 나와 엄마와 함께 일본으로 돌아왔습니다.

항암제, 수술, 방사선치료 결과 현재는 다소 소강상태이며 경과를 지켜보는 중입니다.

아이코는 병에 대한 두려움이 전혀 없는, 생명력이 넘치는 멋진 그림을 그리고 있습니다.

우리 키요미와 하루미와 나이가 같은 것이 한몫하여 나는 아이코와 아주 친해졌습니다. 아이코는 19층이 마음에 들었는지, 그 후에는 죽 놀러 있습니다.

그 다음 날, 겐조 할아버지는 미즈호란 이름의 청소부 아줌마를 데리고 왔습니다. 예순 살 정도의 아주 차분한 사람이었습니다.

"자네, 이 사람이 자네 비설세. 지금까지는 시급 8백 엔에 시트 교환이나 청소 같은 일을 했지만, 예산이 많으니까 그 두 배는 지불하게. 미즈호 씨 잘 부탁해요."

미즈호 씨는 오레건 대학에서 심리학 박사 학위까지 받은 캐리어우먼이라고 합니다. 30년 정도 미국에서 백인 남편과 살면서 일을 하는 한편 두 아이를 키웠다고 하는군요.

그런데 몇 년 전에 일본에 있는 여든다섯 살의 홀어머니가 발을 헛디뎌 골절상을 입고는 입원했는데 전혀 움직이지 못한다고 합니다. 외동딸인 미즈호 씨는 어머니가 걱정스러워 오랜 세월 몸 담았던 임상심리사 일을 그만두고 남편 곁을 떠나 일본에 돌아왔다고 합니다.

남편은 그런 아내를 이해해 주지 않았고 끝내는 재혼, 지금은 뉴저지에서 새 가정을 꾸린 탓에 자식들과는 메일을 주고받을 뿐이라고 합니다.

일본으로 돌아와 여러 회사를 돌아다니며 일자리를 구해보았지만, 심리학 박사 학위, 오랜 임상 심리사의 경험, 유창한 영어 등이 아무 도움도 되지 않았다고 합니다. 결국 연령 제한에 걸려 취직자리를 구하지 못했다고 합니다.

겨우 구한 자리가 시급 8백 엔에 하루 네 시간 일하

는 청소부 자리. 그녀는 10년 전 미국에서 유방암 수술을 받은 적도 있습니다.

미즈호 씨는 아주 조심스럽고 차분하고 겸손해서 파트너로는 더할 나위가 없는 사람이었습니다.

이렇게 해서 나와 미즈호 씨, 자원봉사자인 아이코 이렇게 세 명의 스태프가 모였습니다.

거액의 자금을 기꺼이 내준 겐조 할아버지는 "어렸을 때 큰 나무 위에 오두막집을 지은 적이 있는데, 그때만큼이나 즐거웠다."는 말을 남기고 패트리시아와 함께 카나리아 제도로 돌아갔습니다.

드디어 '편지 가게 Heaven'이 출항하는 날입니다.

출입문은 드나들기 쉽게 늘 한쪽을 열어둡니다. 나머지 한 쪽 유리문에는,

「편지 가게 Heaven」
당신의 마음을 담아 사랑하는 사람, 보고 싶은 사람에게 편지를 대필해 줍니다. 상담 무료, 부담없이 들러주세요. (드링크 바 무료)
영업 시간 9시~18시

이란 스티커가 붙어 있습니다.

입구에서 식물원 같은 복도를 따라 걷다가 왼쪽으로 돌면 받침대 위에 올라앉아 있는 요트가 보입니다. 바라스트와 메인 마스트가 없는 요트죠.

티크 문을 양쪽으로 열면 그 안은 편안한 분위기의 살롱. 한쪽은 벤치 시트고 반짝반짝 빛나는 책상은 이동식, 환자들이 앉는 자리는 특별히 주문한 리크라이닝 시트. 물론 밸리어 프리기 때문에 휠체어와 들것에 탄 채로 들어올 수 있습니다.

반짝반짝 빛나는 옅은 갈색의 아름다운 나무 의자가 내 작업 책상이 되었습니다.

부엌은 절반으로 줄어들었지만, 싱크대가 있고 그 밑에는 미니 냉장고, 그 양쪽에는 조그맣고 옆으로 길쭉한 창문이 있어 햇빛이 비칩니다.

환자들의 시선 바로 앞에는 길쭉한 전자 아쿠아리움을 설치하여 열대어들이 노니는 모습을 감상할 수 있습니다. 살아 있는 것은 사람의 마음을 느긋하게 해 준다는 겐조 할아버지의 아이디어로 만든 것입니다.

크림색 천장에는 명암을 조절할 수 있는 8개의 스포

트라이트가 부착되어 있습니다.

캐빈에는 V자형 욕조가 있고, 코발트 블루색 매트리스가 깔려 있어 어른과 어린이가 한 명씩은 누울 수 있는 공간이 있습니다.

그 캐빈 밑에는 아코디언식 문이 달려 있는데 열면 바로 연갈색 티크 데크의 개인용 베란다입니다. 리크라이닝 시트 두 개와 조그맣고 동그란 테이블이 있고, 오른쪽 가의 제일 전망이 좋은 곳에는 노송나무 욕조가 있습니다.

그리고 폐암을 앓고 있으면서도 "일흔이 넘었는데 새삼스럽게 담배를 끊으라니, 50년 이상이나 열심히 피워댔는데 어떻게 끊으라고!"라는 야마다 씨의 말을 참고삼아 하라다 부장에게는 비밀로 하고 베란다 뒤쪽에 짙은 갈색 벤치와 스탠드식 안정감 있는 재떨이를 설치, 헤비 스모커 환자를 위한 끽연 코너도 마련했습니다. 자전거 주차장 옆에도 담배를 피울 수 있는 장소가 있지만, 이곳은 전망이 좋아 기분좋게 담배를 피울 수 있습니다.

또 이곳에서는 활기찬 쓰쿠지 시장과는 대조적으로

고즈넉한 나미요케 신사의 정경이 내려다보입니다. 그 너머로는 스미다 강이 유유히 흐르고, 가츠도키 다리 밑을 지나는 RC보트와 화물선의 모습도 보입니다. 암 센터의 남쪽 오다이바에는 후지 텔레비전 방송국, 닛코 도쿄 호텔, 레인보우 브릿지가 회색 무지개처럼 자리하고 있습니다.

키요미, 하루미와 같은 학년인 아이코는 이곳을 분주하게 드나들면서 갈매기들과 친해져, 하얀 갈매기들이 티크 데크 베란다에 모여들게 되었습니다.

미즈호 씨는 각 병실을 돌며 텔레비전 사용법 안내장 뒤에 '편지 가게 Heaven'의 광고를 붙였습니다.

나는 겐조 할아버지의 명령에 따라 의사용 하얀 가운을 벗어던지고 무명 작업복에 슬리퍼 차림으로 일에 임했습니다.

이렇게 '편지 가게 Heaven'은 문을 열게 되었던 것입니다.

제3장
가을 하늘

'편지 가게 Heaven'은 순조롭게 첫 항해를 시작했습니다.

각 병실의 텔레비전 사용 안내장 뒤에 광고를 붙인 것이 효과가 컸는지 간호사들을 통해 예약이 밀려들었습니다. 언더그라운드 계획이라니, 지금 생각하면 어이가 없어 웃음이 나올 뿐입니다.

또 편지 가게를 찾아준 환자들이 같은 병실 환자들에게 소개를 해 주는 일도 있어 '편지 가게 Heaven'의 지명도는 날로 높아갔습니다.

환자들 모두 마음 속에 많은 말을 담고 있었습니다.

남편에 대한 불만, 아내에 대한 감사, 자식들에게 전하고 싶은 말, 친구들에 대한 그리움……. 사람의 얼굴이 저마다 다르듯이 저마다 마음 속에 품은 생각도 다르고, 그 모두가 현실감에 넘쳤습니다.

영업시간이 끝나고 소등 시간인 9시까지도 환자들의 마음을 듣는 작업은 계속되었습니다.

암이란 무거운 십자가를 진 환자들. 항상 죽음을 앞두고 몸속에 시한폭탄을 안고 사는 듯한 나날. 언제 그 도화선에 불이 붙어 불꽃을 튀며 자신의 생명을 날려 보낼 것인가, 매일 마음 속으로 그런 공포와 상실감과 싸우고 있는 것입니다.

저녁 때가 되면 그런 두려움이 배가되는 모양입니다. 밤에 커튼이 쳐진 침대에 홀로 누워 하얀 구멍이 뽕뽕 뚫린 하얀 천장을 물끄러미 쳐다보면, 온갖 불길한 생각이 떠올라 마음이 울적해진다고 합니다. 그래도 희망을 갖자고, 필사적으로 그런 마음을 떨쳐보려 하지만 잘 되지 않는다고 합니다.

기분은 폐선처럼 가라앉아 환자들에게서 생명력을 빼앗아갑니다.

그런데다 불면이 상황을 더 악화시킵니다. 지금까지는 자연스럽게 할 수 있었던 '잔다'는 기본적인 행위가 불가능해지는 것입니다.

또 한 가지 환자들의 마음을 해치는 것은 악몽입니다. 겨우 잠이 들었나 싶으면 전쟁터에서 암세포와 정상 세포가 싸우는 끔찍한 꿈을 꾼다고 합니다. 눈을 뜨면 정말 목숨이 풍전등화에 있는 듯하고, 한숨과 식은땀과 함께 하루를 맞이한다고 합니다.

어떤 환자는 어깨를 축 늘어뜨리고 이런 얘기를 털어놓았습니다.

"잠도 잘 수 없는데다, 그런 꿈을 꾸면 어떻게 되는지 압니까?"

"……."

"오늘과 내일, 내일과 모레가 구별이 없어져요. 그날이 그날 같고, 그저 굉장히 힘든 일입니다. 다들 일을 하면 휴식을 취하지 않습니까. 그런데 나는 쉴새없이 악몽을 꿔요. 며칠이고 계속해서. 정말 지칩니다. 쉬지 않고 공포 영화를 보는 셋이나 마찬가지니까."

나는 우울증을 앓은 경험이 있기 때문에 당연히 잠

못 자는 밤도 경험해 봤습니다. 그래서 환자가 말하는 '그 날이 그 날 같다'는 기분이 어떤 것인지 잘 이해할 수 있습니다.

환자들 중에는 수술 후 설사가 심해서 밤중에 한 시간 간격으로 화장실에 가야 하는 사람도 있습니다. 개복수술을 받은 무거운 몸을 침대에서 일으키는 것만 해도 벅찬데 화장실에 가야 하니 보통 일이 아닙니다. 배에는 온갖 튜브가 연결돼 있는데, 링거 캐스터까지 끌고 화장실에 가서 배에 힘을 줄 때마다 찢어지는 듯한 통증이 온몸을 덮칩니다.

더구나 링거액으로 겨우 영양을 취할 뿐 입으로 먹는 것은 없기 때문에 설사라고 해봐야 소량의 물입니다. 그런데도 조심조심 화장지로 밑을 닦아야 하는 허망함. 그런 사람은 대개 불면에 시달립니다.

그런데 이상한 것은 불면에 시달리는 사람 역시 악몽에 시달린다는 것입니다. 악몽을 꾸다가 식은땀에 흠뻑 젖어 눈을 뜨고는 간호사를 불러 젖은 환자복을 갈아입는 일이 하룻밤 사이에도 몇 번이나 있습니다.

나는 환자들의 속내를 들으면서 병과 맞서 산다는

것이 얼마나 힘든 일이라는 것을 조금은 알 것 같은 기분이 들었습니다.

그래서 더더욱 환자들의 얘기를 열심히 듣고 멋진 편지를 써서 건네고 싶은 욕망이 일었습니다.

그래서 매일 밤늦도록 헤븐의 캐빈에서 정성껏 편지를 썼습니다.

그러나 편지를 쓰는 것도 그리 쉬운 일은 아니었습니다.

자기 생각을 사리에 맞고 정확하고 간결하게 표현하는 환자는 아주 드물었습니다. 대개는 지리멸렬. 얘기가 엉뚱한 방향으로 번지기도 하기 때문에 정말 집중해서 상대방의 마음 속을 파악하고 이해하고 듣지 않으면, 그런 얘기를 누구에게 하고 싶은 것인지 키워드가 무엇인지 종잡을 수가 없습니다.

환자들의 목소리를 직접 듣고, 밤에는 테이프 레코더를 틀어놓고 다시 한 번 듣고 또다시 부분별로 나누어 다시 듣습니다. 그렇게 해서 키워드를 찾아내면 쉽고 간결한 말로 편지를 써나갑니다. 물론 컴퓨터로 작업하지만요.

다 쓴 편지는 아이코나 미즈호 씨가 환자에게 직접 건네줍니다. 환자가 그 자리에서 읽고 정정하고 싶은 부분이 있으면 빨간 줄을 쳐달라고 해서 다시 씁니다. 아니면 OK를 받거나.

처음에는 90퍼센트 이상 다시 써야 했습니다.

써야 할 편지도 많은데, 다시 써야 하는 편지가 매일 쌓입니다. 산더미처럼 쌓인 원고, 원고. 일은 늘기만 하지 줄어들지는 않았습니다.

특히 다시 써야 하는 편지가 나를 힘들게 했습니다. 잠과 싸우면서 밤을 새워 "좋았어, 이제 완벽해!"하고 자신했던 편지, 그런 편지가 유독 빨간줄 투성이가 되어 돌아오곤 했습니다.

나는 그때만큼, '초등학교 시절부터 국어 공부를 철저히 했어야 하는데,' 하고 후회한 적이 없습니다.

밤을 거의 새워가며 헤븐의 캐빈에서 먹고 자는 날이 몇 달이나 계속되었습니다.

보다 못한 미즈호 씨가 아이디어를 짜냈습니다.

"선생님, 그렇게 일하다간 큰 일 나겠어요. 더구나 집에도 들어가지 않으니, 사모님과 아이들이 불쌍하잖아요."

옳은 말입니다. 하지만 나는 편지 더미를 해결해야만 합니다.

"그건 그런데, 환자들이 편지를 기다리고 있으니……."

내가 맥없이 대답하자, 미즈호 씨는

"손님을 하루에 여섯 명만 받으면 어떨까요? 지금 이대로 가면 선생님이 병날 것 같아요. 편지를 쓰는 작업은 카운슬링하고 비슷하니까, 환자에 따라서는, 마음 깊이 품고 있는 지옥의 뚜껑을 열도록 거드는 아주 위험한 일이라고요. 알게 모르게 선생님까지 그 지옥의 심연으로 끌려들어갈 수 있어요."

과연 미국에서 심리학 박사 학위를 받고 오랜 세월을 임상 심리사로 일한 연륜 있는 미즈호 씨입니다.

"하루에 여섯 명, 한 사람당 한 시간 씩 얘기 듣고 30분 휴식. 그런 식으로 차근차근 하는 편이 효율성도 있을 것 같아요. 그리고 한 시간이 안 걸리면 베란다에 있는 욕탕에서 쉬게 하고, 백 퍼센트 순면 타월도 준비하는 것이 어떨까요?"

장기적으로 될 수 있는 한 많은 환자들의 얘기를 효율적으로 들을 수 있는 방법입니다. 그렇게 하는 것이 환자와 나 자신을 위해서 좋을 것 같아, 미즈호 씨의 제안을 받아들이기로 했습니다.

덕분에 철야 작업이 줄어들어 내 정신의 피로감도 곧 회복되었습니다.

"어이, 준이치. 장사 잘 돼나? 나 들어가네."

큰 소리로 그렇게 말하며 외과의 니노미야 선생이 들어왔습니다.

대학 시절 470급 요트 선수였던 니노미야 선생은 아직도 요트를 잊지 못하고, "나이 들면 이따위 가운은 벗어던지고 요트를 타고 남태평양으로 갈 것"이라고 합니다.

그리고 그는 일본에서도 손에 꼽히는 소화기 외과 의사 중의 한 명으로, 수술 및 외래, 임상, 연구 등으로 몹시 바쁜 나날을 보내고 있습니다.

듣자 하니 10년 전부터 바다에는 통 발길을 못하고 있답니다. 도쿄대학 제2외과에 있던 시절에는 어떻게든 시간을 내서 이나게 근처에 있는 해변으로 다녔는데, 아이가 생기고부터는 바다에서 멀어졌다고 합니다. 게다가 명성이 높아지자 전국 각지에서 니노미야 선생에게 수술을 받고 싶다는 환자들이 쇄도하여 바다에 있어도 이 환자 저 환자의 병상이 뇌리를 스치는 등 마음 놓고 쉴 수가 없어 그만두었다고 합니다.

"참 재미없는 인생이지."

선생은 입버릇처럼 이런 말을 내뱉습니다.

선생은 편의점에서 사온 도시락과 차를 테이블 위에 내려놓고, 캐빈의 코발트 블루색 긴 의자에 누웠습니다.

선생은 수술이 없는 날이면 종종 이 곳에 찾아와 한참을 떠들다 갑니다.

그리고는 후 하고 한숨을 내쉬면서,

"오늘도 외래야. 환자가 많아서 말이야. 3시나 돼서야 겨우 점심이라니까. 정말 싫어. 아침 9시부터 쉴 틈하나 없이 화면을 뚫어지게 쳐다보고, 필요하면 그 자리에서 출력도 해야 되지. 하루 24시간, 내가 죽있는지 살았는지 감각도 없다니까. 정말 힘들어."

천국에서 그대를 만날 수 있다면 139

매일 이렇게 같은 불평을 늘어놓습니다.

"감기나 뭐 그런 병에 걸린 환자에게 자, 약 처방해 드릴 테니까 시간 맞춰 드세요, 하는 일이면 얼마나 좋아. 다들 암환자니, 이거 보통 스트레스가 아니라고. 평소에 건강 관리를 좀 잘 해서 병에 안 걸리면 좋잖아. 안 그런가? 준이치. 어이, 자네 듣고 있는 거야?"

하지만 나는 궤도에 오른 편지 가게 일로 바빠서 선생님의 하소연을 상대할 여유가 없습니다.

"네, 듣고 있습니다. 하지만 다들 건강하면 우리 같은 의사는 뭘 먹고 삽니까."

나는 책상에서 원고를 정리하면서 고개도 들지 않은 채 대답합니다.

"허, 그도 그렇군. 자네 제법 머리가 돌아가는데. 환자가 없으면 먹고 살 일이 까마득하겠지, 자식은 대학생인데. 뭐 노숙자보다는 나으니까 참아야 하나. 아아, 그런데 어째 좋아 보인단 말이야."

"그렇죠. 오늘 이 하루를, 세상을 위해 타인을 위해."

"무슨 시시껄렁한 소리야. 자네, 이 프로젝트 은근히

마음에 들어 하는 것 같은데. 안 그래, 어?"

정곡을 찔려 순간적으로 움찔했습니다.

요즘은 캐빈에 틀어박혀 타인의 편지를 대신 써주면서 사람의 마음속 깊은 곳을 들여다보는 일이 천직이 아닐까 싶을 정도로 즐겁습니다. 하지만 그런 속내는 감추고,

"아이고 선생님, 이것도 보통 일이 아니라고요. 선생님처럼 환자들에게 대놓고 얘기하는, 아, 아니, 분명하게 말하는 것도 장단점이 있으니까, 그러니까 선생님 말 듣고 상처를 받아서 위로를 얻으려고 이 곳에 찾아오는 환자도 있으니까요. 말조심 좀 하세요. 예민해서 상처를 잘 입는 사람도 많으니까요."

"어렵쇼, 풋내기 레지던트 주제에 요즘 간이 좀 부은 거 아닌가. 그런 말 하다가 언제 뒤통수 경동맥에 메스가 꽂힐지 모르니 조심하게!"

나 역시 대학 시절 요트부였기 때문에 니노미야 선생과는 호형호제하면서 무슨 말이든 거리낌없이 다 합니다.

"아이코는 오늘 안 왔나?"

"학교에서 아직 안 왔어요. 오늘은 5교시니까 아직 올 시간 안 됐죠."

"그래, 노래라도 같이 부를까 했는데. 할 수 없지, 미즈호 씨, 기분 전환이나 하게 6700번 좀 부탁해요."

환자들에게는 공개하지 않았지만 이 곳에는 노래방 설비가 있습니다. 그것 역시 겐조 할아버지의 아이디어였지만, 편지 가게가 궤도에 오를 때까지는 환자에게 공개하지 않기로 했습니다. 여기서 노래를 하고 떠들어대기 시작하면 시끄러워서 편지를 제대로 쓸 수 없을 테니까요. 그런데 니노미야 선생에게는 들켜서 할 수 없이 하루에 한 곡만 틀어주기로 했습니다.

"선생님, 30엔 꼭 내셔야 돼요. 아이코 버스 삯이니까. 우린 외상은 취급 안 합니다."

선생은 손을 휘 저으며 알았어, 라고 대답합니다.

"아 유 레디? 헤히 헤이 헤이 헤이."

선생은 내게 마이크를 건넵니다. 나는 어쩔 수 없이,

"헤이 헤이 헤이 헤이 헤이."

선생이 좋아하는 핑거 파이어의 〈학원 천국〉입니다.

"이놈이나 저놈이나 같은 자리를, 딱 한 자리를 노리

고 있어."

선생은 절규합니다. 간주가 흐르자,

"준이치, 자네는 마사오. 미즈호 씨는 타에코"라고 멋대로 파트를 정해 줍니다.

모두들 한데 어울려 합창. 선생은 아주 흥겨운 표정입니다. 수술실에서도 핑거 파이어를 틀어놓는다고 하는데, 대체 이 사람의 사고 회로는 어떻게 얽혀 있는 것일까요.

"아, 속이 다 시원하다. 캐빈 안이라 그런지 음향이 죽이는데. 다음에는 색소폰을 한 번 들고 오지."

선생은 혼자 그렇게 중얼거리면서 소파에 푹 주저앉습니다.

잠시 후 꿈지럭꿈지럭 하얀 가운의 소매를 걷고 몸을 반쯤 일으키더니, 오른손에 든 주사기에 무슨 액체를 쑥 집어넣습니다.

나는 마약이라도 하는 줄 알고 놀라서,

"선생님, 뭐예요? 이런 데서 주사 놓으면 어떻게 합니까?"라며 덥석 선생의 손을 잡았습니다.

"걱정할 것 없어. 이건 인슐린이야. 나 혈당이 있어

서 말이야, 밥도 1800킬로칼로리 이상은 먹을 수 없다고. 그런데 이 인슐린의 양이 또 미묘해서."

"그렇다면 당뇨가 있다는 말씀입니까?"

"그래."

선생은 나를 쳐다보지도 않은 채 대답합니다.

"의사도 사람이잖아. 환자들은 내가 무슨 신이라도 되는 줄 알고 매달리는데, 사람은 저마다 남에게는 얘기할 수 없는 문젯거리가 있는 법이야. 보라고, 이 도시락도 1층 편의점에서 파는 헬시 도시락. 나도 가끔은 먹음직스런 닭튀김을 먹고 싶다고. 이렇게 푹 삶은 거 말고. 기름기가 자르르 흐르고 볼륨감 있는."

일본에서 다섯 손가락 안에 드는 명의도 심경이 복잡할 때가 있는 모양입니다. 선생은 배가 고프니 어쩔 수 없이 먹는다는 표정으로 헬시 도시락을 우물거리기 시작했습니다.

"나, 사실은 스트레스 엄청 받는다고. 환자들도 걱정이지, 수술 결과도 신경 쓰이지. 그래도 헤븐이 생겨서 얼마나 다행인지 몰라. 이제 슬슬 외래로 내려가봐야겠군."

"어, 선생님! 혹시 환자하고 약속한 거 아닙니까?"
"그런데?"
"선생님 여기 온 지 한 시간이 넘었는데, 그럼 그 동안 내내 기다리고 있단 말입니까?"
"한 시간안에 쓰러질 환자 같으면, 나한테 와봐야 별 소용없어. 암이란 천천히 진행되는 병이야. 하기야 그래서 스릴이 있기는 하지만."

정말 불손하기 짝이 없는 발언입니다.

"자네는 열심히 환자 마음이나 보살펴 줘. 내가 쉴 새 없이 올려보낼 테니까."

선생은 그렇게 말하고 헤븐에서 나갔습니다.

그 다음 날.
"어이, 준이치, 있나? 있지, 좀 거들어 줘!"

밖에서 외치는 니노미야 선생의 목소리가 들렸습니다.

입구 밖으로 얼굴을 내밀고서야 나는 사태의 중대함을 알았습니다. 선생이 들것에 탄 환자를 데리고 온 것입니다.

사십 대 중반의 적당한 몸집에 안경을 낀 지적인 환자는 가엾게도 잔뜩 겁을 먹고 몸을 부들부들 떨고 있었습니다. 찬찬히 살펴보니 입가에는 거품까지 묻어 있습니다.

정신에 문제가 있는 암환자라는 것을 금방 알 수 있었습니다.

"니노미야 선생님, 이 환자는?"

"어, 히데키라고 하는데."

"선생님, 히데키 씨, 굉장히 혼란스러운 상태인 것 같은데 신참인 나보다는 하라다 부장님께 데리고 가는 게 좋지 않을까요?"

그런데 니노미야 선생이 툭 내뱉는 말이,

"이 사람, 암환자가 아니야."

"네? 암환자가 아니라고요?"

"그래. 부인이 암이 의심되는데, 아까 가족 면담에서 아직 결과가 나오지 않았으니까 좀 기다리라고 했더니 발광을 하면서, 암이 맞는데 숨기는 거 아니냐면서 멱살을 잡고 덤벼들더라고."

"그래서 거품까지 물었단 말입니까?"

"그렇다니까. 우리 마누라 죽였다가는 가만히 있지 않겠대. 손가락을 확 부러뜨려 놓겠다느니, 각오를 하라느니, 어떻게 손을 쓸 수가 없어서 가벼운 근육이완제를 놓아주고 데리고 온 거야."

니노미야 선생은 그렇게 설명하고는 히데키 씨를 들것에 태운 채로 옮겨놓고는 가버렸습니다.

그런 환자를 내게 어쩌라는 것일까요. 오늘은 예약이 꽉 차서 이 곳에서 다시 난동을 부리면 곤란합니다.

어떻게든 해야겠다는 생각에 미즈호 씨와 함께 들것을 베란다로 옮겼습니다. 나뿐만 아니라 미즈호 씨는 물론 아이코, 놀러온 췌장암 환자 슈지 씨까지 난감하고 걱정스러운 표정을 짓고 있습니다.

한 시간쯤 지나자 히데키 씨가 눈을 뜨고 창백한 표정으로 비틀비틀 걸어나왔습니다.

"괜찮습니까?"

"아까는 소동을 피워서 죄송합니다."

나는 그때서야 안심했습니다. 깨어나 또 난동을 부리면 어떻게 하나 걱정하고 있었으니까요. 미즈호 씨에게 커피를 부탁하고, 얘기를 들어보기로 했습니다.

히데키 씨는 안과 의사로 일본의대 의국에 근무하고 있답니다.

"내가 쿄코를 그렇게 만든 겁니다."

히데키 씨는 그렇게 말을 꺼내고는 눈물을 뚝뚝 흘리며 두 손으로 머리를 감싸쥐었습니다.

"내가 쿄코에게 몹쓸 짓을 해서, 그래서 스트레스 때문에 암이 된 겁니다. 내가 좀더 남편 노릇을 잘 했으면, 이런 일……."

이런 때는 하고 싶은 말을 하게 하고, 울고 싶은 만큼 울게 내버려두는 것이 상책입니다.

"내가 대학원에 다니면서 가난한 인턴 생활을 하던 시절에, 콘택트렌즈가 잘 맞지 않는다고 안과를 찾아온 쿄코에게 한눈에 반해서 사귀기 시작했습니다. 그리고 결혼을 했는데……."

결혼 후에 무슨 일이 있었던 모양입니다.

"쿄코는 정말 좋은 아내였어요. 그런데 내가, 결혼한 지 반년쯤 지나서, 다른 여자에게 정신을 팔고 말았습니다."

그 순간 미즈호 씨가 날카로운 눈빛으로 히데키 씨

를 쏘아보았습니다. 이런 일에는 아주 민감하지요.

"그 후에 의국으로 올라가서 경제적으로도 어느 정도 여유가 생겼는데, 한 번 제대로 놀아보지도 못하고 자란 탓인지 그만 긴자와 롯본기로 진출하게 되었습니다. 지금까지 얼마나 많은 여자들과 바람을 피웠는지……."

어쩌다 한 번 바람을 피웠다면 그럴 수 있는 일이라고 할 수 있지만 그렇게 많은 여자와 바람을 피웠다니, 반성해야 마땅하겠지요.

"그뿐이 아닙니다. 밤의 여자들에게만 손을 댔으면 미안한 마음이 덜하겠는데 새로 들어오는 간호사들에게도 손을 댔어요."

미즈호 씨는 어이가 없다는 듯이 우뚝 서 있습니다. 요즘들어 매일 헤븐의 끽연 코너에 담배를 피우러 오는 슈지 씨는 베란다에서 히죽거리며 아이코에게 어른들의 세계를 설명하고 있습니다.

"아무튼 닥치는 대로 쉴 새 없이 바람을 피웠어요. 그런 생활이 최근까지 20년이나 계속되었습니다."

나는 놀라서,

"그, 그래서 쿄코 씨는요? 결혼 생활은?"

"쿄코하고는 결혼한 지 반 년이 지나고부터 잠자리를 같이하지 않았습니다. 지금도 마찬가지고요."

"그런데도 용케 결혼 생활을 유지했군요. 쿄코 씨는 히데키 씨가 바람 피우는 거 당연히 알고 있었을 텐데."

"물론입니다. 정말 인내심이 많은 여자입니다. 더구나 야마가타의 산골 출신이라서인지, 만에 하나 이혼이라도 하면 부모님 뵐 낯이 없다고 생각하고 있는 것 같습니다."

정말 불쌍한 부인입니다.

여기까지 얘기하더니 히데키 씨는 테이블에 엎드려,

"내가 나쁜 놈입니다. 내가 쿄코를 병들게 했어요. 내가 하도 바람을 피워서 그 스트레스 때문에 암에 걸린 겁니다. 내가 죽일 놈이에요."

지금까지는 대부분 암환자가 이 곳을 찾아왔습니다. 그런데 곰곰 생각해 보니, 암환자들의 가족 역시 마음의 병을 앓고 있다는 것을 알 수 있었습니다.

제정신이 아닌 히데키 씨에게 사탕통에서 사탕을 하

나 꺼내 건네고는,

"이거 존 홉킨스 대학에서 개발한 새로운 정신안정제 사탕입니다. 부작용이 전혀 없어요, 하나 먹어 보세요" 라고 말하고 히데키 씨에게 그만 돌아가 달라고 했습니다.

히데키 씨의 부인 쿄코 씨는 과연 어떤 심정으로 검사 결과를 기다리고 있을까요? 나는 쿄코 씨를 만나보고 싶어졌습니다.

다음 날, 아이코에게 쿄코 씨에게 보내는 편지를 전해 달라고 부탁했습니다. 물론 쿄코 씨를 만나기 위해서였죠.

전략
쿄코 씨.

나는 이 병원 19층에서 '편지 가게 Heaven'을 운영하고 있는 노노가미 준이치라고 합니다.

어제 남편인 히데키 씨가 쿄코 씨의 건강을 걱정한 나머지 상담차 이 곳을 찾아왔습니다. 걱정스러울 정도로 심경이 몹시 복잡해 보였습니다. 가능하면 쿄코 씨를 만나 얘기를 듣고 싶습니다.

쿄코 씨의 건강 상태가 괜찮다면 제가 병동으로 찾아가 뵙도록 하겠습니다. 혹 쿄코 씨가 걸을 수 있는 상태라서 19층 요트에 있는 우리 헤븐을 직접 찾아주신다면 기분전환이 되지 않을까 생각합니다.

병으로 입원중이라 여러 가지로 마음고생이 많을 것이라 생각합니다.

갑작스런 부탁, 용서해 주세요.

답장을 기다리겠습니다.

'편지 가게 Heaven' 노노가미 준이치

저녁 8시.

놀러온 슈지 씨와 아이코가 신나게 UNO 게임을 즐기고 있을 때였습니다.

"준이치 씨 계신가요?"

자그마한 몸집에 눈이 동글동글하고, 웃는 얼굴이 귀엽고 애교스러운 미인이 서 있었습니다.

"앗, 저 혹시 쿄코 씨인가요?"

"히데키 씨가 신세를 졌다면서요……."

듣기 좋은 부드러운 목소리입니다.

"처음 뵙겠습니다. 편지 가게의 준이치입니다. 쿄코 씨, 몸은 좀 어떠세요? 어디 불편한 데는 없습니까?"

"아니오. 요즘 들어 눈이 좀 침침하다고 했더니 남편이 난 데없이 종합검진을 해보자고 하도 야단을 해서 입원한 거예요. 지금은 아무런 증상도 없어요. 그런데 우리 남편은 상태가 어떤가요?"

"아, 그러세요. 보통 가족 중에 암이 의심되는 환자가 생기면 어떤 사람이든 놀라고 혼란스러워하죠. 그런데 히데키 씨는 좀 남달랐어요. 그 정도가 심하달까, 거의 노이로제 일보직전입니다."

쿄코 씨는 화들짝 놀란 표정을 지으며,

"그게 무슨 뜻이죠?"

"자기 때문에 쿄코 씨가 암에 걸렸다고, 당신을 전혀

돌보지 않고 자기 멋대로 살았기 때문에 벌을 받은 것이라고 그러더군요. 좀 더 심해지면 우울증이나 노이로제 증상을 보일 것 같습니다."

"그랬군……. 잘못된 결혼이었어요. 결혼 초부터 남편이 바람을 피우고 있다는 것도 알고 있었고요."

쿄코 씨가 맥없는 목소리로 말을 꺼냈습니다.

나는 과감하게 물어보았습니다.

"실례가 될지도 모르겠지만 단도직입적으로 묻겠습니다. 그런 상태에서 어떻게 부부 생활, 아니 결혼 생활을 10년 넘게 계속한 거죠? 히데키 씨가 밖에서 바람을 피우고, 그런데다 쿄코 씨를 마치 없는 사람처럼 무시하고…… 그렇게 잘못된 결혼 생활을 왜 18년이나 계속했는지요?"

쿄코 씨는 잠시 입을 다물고 말이 없다가 고개를 푹 숙이고 말을 뱉었습니다.

"사죄를 해야 할 사람은 오히려 나예요."

"네? 그렇다면 혹시 쿄코 씨도 다른 남자가 있었다는……."

"아니, 그런 뜻이 아니고. 난 그렇게 재주가 좋은 사람이 아니에요. 눈에는 눈으로란 식으로 대처할 수 있는 사람도 못 되고."

"그렇다면 왜?"

"내가 히데키 씨에게 사죄를 해야 해요."

쿄코 씨는 분명하게 그렇게 말했습니다.

"그러니까 그게 무슨 뜻인지?"

쿄코 씨는 무슨 생각에 잠긴 듯 말이 없다가,

"나도 잘 모르겠어요." 라고 대답했습니다.

"네?"

"나도 왜 그런 기분이 드는지 잘 모르겠어요."

"하지만 뭐랄까, 어떤 계기라든가, 그런 게 있지 않았을까요?"

나는 쿄코 씨의 그런 대답으로는 상황을 납득할 수가 없어 집요하게 물었습니다.

"글쎄, 뭐라고 설명을 하면 좋을지. 남편이 바람을 피우고 있다는 것은 알고 있었어요. 그런데도 남편을 비난하고 추궁할 수가 없었어요. 나는 싸움이나 말다툼은 잘 못하는 타입이어서……. 싸움을 해시러도 우리 두 사람 사이에 있는 문제를 해결하려는 노력을 했어야 하는데. 그렇다고 이혼할 용기는 없고. 그래서 차라리 모르는 척하든가 알면서도 용서하는 척하는 편이 좋겠다고 생각했어요.

 하지만 결국 내가 상처입고 싶지 않아서 그런 생각을 한 것이겠죠. 내가 중요하니까 굳이 위험한 다리를 건너려고 하지 않은 것이겠죠.

 게다가 나는 마치 히데키 씨의 애인처럼 행세했어요. 힘든 일은 무엇이든 남자가 다 해 줄 것이란 생각을 갖고 자랐기 때문에, 결혼한 후에도 똑같은 식으로 처신했으니까……."

 옆에서 쿄코 씨의 얘기를 듣고 있던 슈지 씨가 불쑥 끼여 들었습니다.

 "선생님, 쿄코 씨 얘기를 편지로 써서 남편에게 전하면 어떨까요?"

 녹음도 안 하고 있는데 괜한 소리를 한다 싶었는데, 아이코도 생글생글 웃으면서 고개를 끄덕입니다.

 그런 두 사람을 본 쿄코 씨가,

 "그렇군요. 부탁해요, 그렇게 해주세요"라며 눈시울을 붉히고는 내 손을 꼭 잡았습니다.

히데키 씨에게

아직도 내 걱정에 밤잠도 못 이루고 밥도 제대로 못 먹는 생활을 계속하고 있나요?

안과 의사로서 아내의 악성 종양을 알아채지 못했다는 죄책감은 충분히 이해하지만, 내가 혹 암에 걸렸더라도 그것은 절대 당신의 죄가 아니에요.

비록 문외한이기는 하지만 나도 안암에 관한 자료를 모아 놓고 틈날 때마다 읽어봤어요. 안암은 정말 드문 병이더군요.

하지만 당신에게 한 가지 얘기하고 싶은 것이 있어요.

우리는 지금까지 18년을 함께 살았지만, 나는 그저 당신의 '그녀'에 지나지 않았어요.

남자인 당신이 무슨 일이든 해 줄 것이라고만 생각하고 있었어요.

그런데 암일지도 모른다는 진단이 내려지면서 그런 나의 태도가 잘못이었다는 것을 알게 되었어요.

앞으로 퇴원하면 당신의 아내가 되고 싶고, 그럴 수 있기를 바래요.
　지난 18년 동안 정말 미안했어요.

　여보, 앞으로 우리 함께 잘 살아요.

국립 암 센터에서 쿄코

　다음 날 병원에 온 히데키 씨를 슈지 씨가 찾아서 데리고 왔습니다.
　히데키 씨는 식사도 제대로 챙겨 먹지 못했는지 초췌하게 야윈 모습이었습니다.
　"자, 이리 좀 앉으세요."
　나는 히데키 씨에게 커피를 따라 주면서 편지를 내밀었습니다.
　히데키 씨는 말없이 봉투를 열고 편지지를 펼쳐 보았습니다. 편지를 읽는 히데키 씨의 눈에 눈물이 고였습니다.

"쿄코……, 내가 나쁜 놈이라고, 사죄를 해야 할 사람은 난데……."

눈물 콧물이 범벅이 된 히데키 씨는 목이 메어 말도 제대로 하지 못합니다.

18년이 걸려 이제야 남편이 된 것일까요.

히데키 씨는 "쿄코에게 가봐야겠어요!"라고 말하고는 뛰어나갔습니다.

그런데 문에서 기다리고 있던 슈지 씨가 뛰어나가는 히데키 씨를 붙들고 뭐라고 귓속말을 합니다. 히데키 씨는 고개를 끄덕이더니 다시 뛰었습니다.

그러고서 며칠 후 쿄코 씨는 히데키 씨의 부축을 받으며 퇴원했습니다.

걱정했던 종양은 아주 초기라서 앞으로 석 달 동안 경과를 보거나 레이저로 간단하게 치료할 수 있는 단계였습니다.

그런데 한 가지 이상한 일은 쿄코 씨의 편지를 히데키 씨에게 건넨 날부터 슈지 씨와 히데키 씨가 헤븐의 베란다에서 종종 소곤거린다는 것입니다.

쿄코 씨가 퇴원하는 날에도 히데키 씨는 커다란 쿠키 세트를 건네면서, "이 은혜는 평생 잊지 못할 겁니다. 앞으로 열심히 살겠습니다"라고 인사했습니다.

슈지 씨는 "그럼, 그래야지"하면서 히데키 씨의 어깨를 툭툭 두드리고는 두 사람을 배웅했습니다.

편지를 대신 쓴 사람은 나인데 착각하고 있는 것 아닌가 싶었지만, 쿄코 씨와 히데키 씨가 너무도 행복한 모습이라서 그냥 묻어두기로 했습니다.

그로부터 몇 주일 후, 쿄코 씨가 보낸 한 통의 편지가 혜븐으로 날아들었습니다.

헤븐에 계시는 여러분 보세요.

여러분, 건강하게 잘 계세요?

나는 퇴원한 후로 눈의 부기도 가라앉고 홍채에도 별 이상이 없어 편안하게 지내고 있습니다.

친정인 야마가타 현의 신조 시에 와 있습니다. 지금

은 히데키 씨와 둘이서 하구로 산기슭에서 온천을 즐기고 있고요

  퇴원 후로 우리 생활에는 큰 변화가 있었습니다. 일본의과대의 의국을 사직한 히데키 씨는 그 다음 날로 애지중지하던 메르세데스 스테이션왜건을 팔고 도요타의 라이트 에이스를 개조한 조그맣고 예쁜 캠핑카를 사들였습니다.

  놀랍고 어이가 없어 물으니,

  "지금까지 우리의 결혼 생활 18년은 부부로 생활한 시간이 아니었다. 그녀와 그이였을 뿐. 그러니까 앞으로는 당신의 암 치료도 할 겸 진정한 부부가 되기 위해서 캠핑카를 타고 당신이 태어난 도호쿠, 홋카이도의 온천을 찾아다니면서 느긋하게 즐기자. 처음부터 새롭게 시작하자"고 하더군요.

  하지만 일을 그만두어 무직이 된데다 여행이라니, 나는 그만 금전적인 문제는 없겠느냐고 묻고 말았습니다.

  그랬더니 그가 하는 말, "실은 개업할 자금을 모으려고 안경 가게에서 아르바이트하면서 모아둔 돈이

있으니까 걱정 마. 당분간은 버틸 수 있을 거야"라더 군요.

캠핑카를 타고 오랜만에 도쿄를 떠나 여행을 다니니, 갖가지 일이 많지만 즐겁습니다.

화장실에 탈취제를 넣어두어야 하는데 깜박 잊는 바람에 코를 틀어막고 운전을 한 일도 있고 침대에 누워 자연이 풍요로운 도호쿠 고속도로변 풍경을 감상한 일도 있고. 정말 느긋하고 호화로운 기분이 듭니다.

우리는 제일 먼저 내 고향인 야마가타에서 온천 순례를 했습니다.

매일 한 군데씩, 오곤 온천, 유노하마 온천을 즐기면서 일본해를 감상했습니다.

도중에 전망이 좋은 숲에서 캠핑도 했습니다.

나는 콜맨 싱글 버너로 조개를 듬뿍 넣은 맛있는 조개탕을 끓이고, 히데키 씨는 땔감을 주어와 모닥불을 피우고, 둘이서 그 불꽃을 바라보면서 조개탕을 맛있게 먹었습니다.

20년 넘게 도쿄의 칙칙한 하늘 아래서 살았던 우리 두 사람은 모닥불의 불꽃과 밤하늘에 반짝이는 별들의 아름다움에 말을 잃을 정도였습니다.

그 다음 히데키 씨는 나를 다마가와 온천으로 데리고 갔습니다.

다마가와 온천은 아키다 현과 이와테 현의 경계선에 있는 하치반히라에 있습니다.

암환자에게 좋기로 유명한 온천인데, 돌에 달라붙은 물때가 화석처럼 보이는 곳으로도 유명합니다.

암 때문에 혼자서는 걷지도 못하던 할아버지가 이 온천에서 목욕을 하고 걷게 되었다는 등 과학적으로는 설명되지 않는 일화 때문에도 유명한 곳이죠.

원천은 ph1.2로 강산성이고 탕에 들어가자 피부가 약한 나는 따끔따끔 찌르는 듯한 느낌이 들어 암반욕을 하는 쪽으로 옮겼을 정도입니다.

암반욕이란 여관에서 걸어서 5분 거리에 쳐져 있는 텐트 안에 돗자리를 깔고 누워 지면에서 올라오는 열기로 온몸을 데우는 독특한 치료법입니다. 타월 이불을 덮고 있으면 온몸에서 땀이 솟아납니다. 40분쯤 지나 밖으로 나오자 상쾌하기가 이루 표현할 수 없을 정도였습니다.

이 다마가와 온천을 마음에 들어하자 히데키 씨도 무척 기뻐했습니다.

이 온천에는 여관이 한 군데밖에 없어서, 전국에서 암환자들이 일찌감치 예약을 하고 몰려오기 때문에 예약을 하는 것조차 쉽지 않은 일이었기 때문이죠.

그는 그 사실을 미리 알고 메르세데스를 캠핑카로 바꾼 것이었습니다. 캠핑카만 있으면 잠자리 걱정은 하지 않아도 되니까요. 온천을 하다가 피곤해지면 마치 내 집처럼 캠핑카로 돌아와 음악을 듣고 책을 읽고, 밤에는 코펠에 카레를 만들어 먹고, 그러고는 히데키 씨와 나란히 누워 행복한 시간을 보냈습니다.

이 다마가와 온천에서 나는 몰라보게 좋아졌습니다.
슈지 씨가 가르쳐준 면역요법 덕분인지도 모르겠습

니다.

 선생님은 그게 어떤 것인지 알고 있나요?

 음 좀 부끄러운 일인데, 아 역시 말하지 않는 것이 좋을까요.

 슈지 씨는 섹스를 하지 않는 우리 부부를 위해서 묘안을 짜냈습니다.

 퇴원을 며칠 앞둔 어느 날, 우리 부부는 단둘이 편지 가게 헤븐에서 지냈습니다.

 슈지 씨가 그렇게 해 준 것이죠(슈지 씨는 선생님 책상에서 몰래 열쇠를 꺼내 보조 열쇠를 만들어 우리에게 주었습니다. 화내지 마세요).

 10년이 넘는 세월을 하룻밤에 메우기란 너무도 벅찬 일이었습니다. 우리 부부는 머쓱해서 말없이 진토닉만 마셨습니다.

 잔이 빌 즈음 히데키 씨가 베란다에 있는 노송나무 욕조에 같이 들어가자고 하더군요(슈지 씨의 조언이었다는 얘기를 나중에 들었습니다). 19층에서 내려다보니 공해에 찌든 도쿄의 밤하늘이 얼마나 아름다운지, 알몸으로 있는데도 기분이 느긋하게 풀어지면서 우리 둘이 이렇게 같이 있다는 사실이 아주 자연스럽게 여겨졌습니다.

우리는 마침내 10년의 세월을 건너 몸을 나누었습니다.

캐빈의 욕조에서의 시간은 정말 내 생애 최고의 한때였습니다.

지금 우리의 꿈은 둘이 사이 좋게 살면서 규모는 작아도 사랑이 넘치는 안과를 개업하는 것입니다.

여러분, 정말 고마웠습니다.

다마가와 온천에서 쿄코 올림

슈지 씨가 그런 재주를 피웠을 줄은 꿈에도 몰랐습니다.

하지만 슈지 씨는 이미 이 암 센터에 있지 않습니다. 검사가 끝나 퇴원하면서 가족이 기다리는 하와이로 떠났다고 합니다.

자기 멋대로 헤븐을 개방한 점은 용서할 수 없지만, 히데키 씨 부부가 화해를 했다니 이번에는 눈 감아 주기로 했습니다.

오늘은 한 달에 한 번 있는 헤븐의 대청소 날.
나는 걸레로 바닥을 닦고 미즈호 씨는 벽을 닦고 있습니다. 아이코도 팔을 걷어 부치고 미즈호 씨를 거들고 있습니다.
한참을 분주하게 청소하고 있는데 한 남자가 활짝 열린 나무문 한가운데 나타났습니다.
트레이닝복 차림에 용무늬를 수놓은 점퍼를 어깨에 걸치고 두리번두리번 복도 정원을 쳐다보고 있습니다. 나이는 삼십 대 전후, 중간키에 적당한 몸집, 머리는 옅은 갈색으로 물들였는데 전체적인 인상이 다소 위협적입니다.
눈치 빠른 미즈호 씨가 재빨리 그 사람 곁으로 다가가 웃는 얼굴로 정중하면서도 다소곳하게 말했습니다.
"어서 오세요."
남자가 "아, 예" 하면서 고개를 숙였습니다. 특별히

주문하여 헤븐의 입구에 설치한 거대한 개구리가 "어서 오세요" 하고 전자음을 내었습니다.

"이건 또 뭐야?"

남자는 화들짝 놀랐습니다.

미즈호 씨는 부담 갖지 말라는 듯이 그의 어깨를 밀면서 캐빈 안으로 데리고 들어와 나와 아이코를 소개했습니다.

"안녕하세요. 나는 편지가게의 준이치라고 합니다."

나는 가볍게 고개를 숙였습니다.

"아, 예."

무슨 일이 있었는지, 몹시 불쾌하다는 표정입니다.

"이름이?"

"시, 시미즈입니다."

일단 앉으라고 권했습니다. 아이코가 살며시 일어나 이탈리안 레스토랑의 문처럼 윗부분이 동그랗게 뚫려 있는 작은 문을 닫으러 갔습니다.

미즈호 씨가 "자, 드세요"라면서 녹차와 과자를 들고 나와, 반짝반짝하게 닦은 오팔 테이블과 비행기의 퍼스트 클래스 좌석처럼 좌석 옆에 수납식으로 달려 있는 미니 테이블에 한 사람 몫씩 내려놓았습니다.

미즈호 씨가 녹차를 들고 나오기 전에 부엌에 있는 컴퓨터에 재빨리 손님의 이름을 입력했는지, 시미즈 씨가 녹차를 홀짝거릴 때는 벌써 화면의 전자 카르테에 그의 병력이 좌르륵 열거되었습니다.

시미즈 씨가 앉아 있는 자리 바로 뒤 벽에 30인치 초박형 액정 모니터가 달려 있어, 이쪽에서 리모컨을 조절하여 병력을 화면에 띄울 수 있습니다. 손님이 뒤를 돌아보면 순간적으로 아름다운 산호초가 너울거리는 바다 속 풍경으로 화면을 바꿀 수도 있습니다.

그의 나이 현재 서른한 살. 부인과 세 아이가 있고, 2년 전에 대장암 수술, 그 후 B형 간염에서 간암, 간동맥 색전술, 레이저시술, 알코올 주입법, 항암 치료제 투여와 입퇴원을 반복하였고, 이 병원에는 간을 절제하는 대수술을 받기 위해 처음 입원.

불과 2년 사이에 재발, 전이가 몇 번이나 반복되었고, 때문에 입원 경력이 10번에 이릅니다. 두 달에 한 번 꼴로 입원을 한 셈입니다. 그의 병력과 가족 구성을 보고는 시미즈 씨의 마음 고생이 얼마나 심할지 넉넉히 짐

작할 수 있었습니다.

시미즈 씨가 찻잔을 내려놓는 것을 보고 화면을 바다 속 풍경으로 바꿨습니다. 그가 아무 말이 없어, 내가 먼저 말을 꺼냈습니다.

"저 실은 맥주도 있는데, 한 잔 드시렵니까?"

맥주? 병원에 어울리지 않는 말을 듣고 다소 당황하는 기색입니다.

"아, 물론 알코올이 들어 있지 않은 맥주입니다. 미국산 수입 맥주 오들과 사무엘 아담스가 있는데."

"네? 사무엘이 있습니까?"

놀라는 표정으로 입을 여는 시미즈 씨.

"미즈호 씨, 사무엘 한 병 부탁해요."

두 사람의 테이블에 사무엘과 간단한 안주가 준비되었습니다.

"놀랍군요. 알코올 성분이 없는 사무엘도 있었군요. 이거 내가 좋아하는 맥줍니다. 우리 가게에서도 팔고 있는데. 아, 전 요리사입니다. 물론 월급쟁이지만요."

간신히 말문이 열린 듯합니다.

"그렇습니까, 요리사로군요. 그 세계도 규율이 무척

엄한 것 같던데. 고등학교 다닐 때 좀 유명한 샤브샤브 집에서 아르바이트를 한 적이 있거든요. 주방 분위기가 얼마나 살벌하던지, 지금도 기억이 생생합니다. 신참은 사소한 실수 하나에도 꾸지람을 듣고 눈물을 흘리더군요."

"그래요. 요리의 세계, 그거 엄청 스트레스 받죠. 먹는 사람들하고는 차원이 달라요. 아무튼 손님의 식욕을 만족시켜야 하니까 주방에는 늘 긴장감이 맴돌죠. 두 손은 늘 칼이나 음식 재료를 들고 있으니까, 발이 나오기가 일쑤고. 주방장이 화가 난 날에는 아침부터 밤까지 욕설이 난무합니다. 마음이 약한 사람은 석 달도 못 견디고 그만두죠. 상하 관계도 엄격하니까, 섣불리 한 마디 대꾸라도 했다가는 신발짝에 짓밟힐 수도 있습니다."

시미즈 씨가 점차 말이 많아졌습니다.

"난 원래 불량배였기 때문에 그런 세계에 익숙해서 그나마 다행이었지만, 윗사람의 말에는 그저 네 하고 대답해야 합니다. 그런데 하고 토를 달면 그 자리에서 욕설이 튀고 발길질이죠."

사무엘의 효과가 나타나는지, 시미즈 씨의 마음이 활짝 열린 듯 보였습니다.

"시미즈 씨, 무슨 말이든 들어드릴 테니까, 마음껏 얘기하세요. 그리고 잘 정리를 해서 편지를 써 드리죠. 아, 아이코는 그만 테라스로 나가봐."

아이코가 고개를 까딱 숙이고 테라스로 나갔습니다.

"얘기라고 해봐야……"

다시 말문이 막혔습니다.

"이 곳을 찾을 때는 무슨 전하고 싶은 말씀이 있었을 것 같은데. 다음 주에는 큰 수술도 받아야 하고."

"……"

시미즈 씨는 완전히 입을 다물고 말았습니다.

그런데 그 때, 후 하고 한숨을 내쉬더니 시미즈 씨가 다시 말을 시작했습니다.

"선생님, 나, 왜 이런 병에 걸렸을까요?"

"아, 그건 이 암 센터를 찾아오시는 모든 분들의 의문 사항 아닐까요? 그리고 선생님이라고 안 하셔도 됩니다. 그냥 편지가게 준이치라고 불러주세요."

"아, 그래요. 선생님 아닌가요? 그럼 그냥 준이치 씨라고 불러도 됩니까?"

"네, 그렇게 하세요."

"무슨 말부터 해야 좋을지……."

"조리 있게 말씀 안 하셔도 됩니다. 그냥 생각나는 대로 말씀하세요. 나중에 제가 정리를 할 테니까요. 그리고 한 가지만 물어도 될까요? 이거 누구에게 보내는 편지입니까?"

"아 참, 그렇군. 이건 내 유서랄까, 아니지, 내 주변에 있는 사람들에게 보내는 분노의 편지가 되겠군요. 이번 수술이 잘못 돼서 저 세상으로 가게 되면 장례식 때 읽어보라고 할 생각인데."

"네, 그러시군요."

시미즈 씨의 입에서 말이 줄줄이 흘러나왔습니다.

"나 원래부터 머리도 나쁜데다 배짱도 없고 해서, 중학교 때부터 본탄 바지*에 머리 치켜세우고 소매치기에, 다른 학교 불량배들하고 붙어 쌈박질이나 하는 이른바 불량소년이었습니다. 쌈박질이라고 해봐야 배짱이 없으니 뒤에서 조폭 흉내나 내다가 도망치기가 바빴지만."

---

* 바지 자락을 좁게 개조한 학생복

"그렇게 안 보이는데요. 아주 힘도 세고 배짱도 두둑하실 것 같은데."

"부모님은 만날 싸움이나 하고, 어머니가 허구한날 울고 짰어요. 형도 별 볼일 없어서 집안이 엉망이었죠. 고등학교 다닐 때는 가와사키 FX를 타고 온 동네를 시끄럽게 돌아다니고. 아버지가 하도 잔소리가 심해서 화가 난 김에 오토바이를 탄 채로 현관을 들이받은 적도 있었습니다."

"성깔도 있으셨네요."

"그런 짓만 하고 돌아다녔으니 결국은 고등학교 1학년에 중퇴, 폭주족밖에 할짓이 없었습니다. 부모님하고는 말도 나누지 않았고요. 뭐라고 잔소리를 하면 그저 한 번 쏘아보기만 해도 아버지나 어머니나 꼼짝 못했어요. 눈썹까지 박박 밀었으니, 아무 말도 못했어요. 한심하죠."

나로서는 전혀 상상도 할 수 없는 세계입니다. 왠지 기분이 암울해졌습니다.

"그런데 스무 살이 되니까, 친구놈들이 점점 변하더라고요. 공사장에 나가서 시멘트도 바르고 내장 공사도 하고, 술집에 다니면서 맥주 박스를 힘겹게 나르기도 하고. 그런 걸 보니까 나만 이러고 있을 수는 없겠구나 싶은 생각이 들었습니다.

마침 그 때 형이 요리를 배워보지 않겠느냐고 하더군요. 먹을 걱정 안 해도 되고 학력도 필요 없으니까, 재주만 있으면 된다고 말입니다. 한 번 해보고 싶었습니다. 형의 선배가 지방의 꽤 고급 요릿집에 부주방장으로 있었는데, 결국 거기로 들어갔습니다. 이것으로 과거는 깨끗이 다 청산하자 싶어서 머리도 박박 깎고 그 날부터 열심히 분발했습니다. 뭐 폭력이 난무하는 혹독한 세계였지만 꾹 참았습니다. 그 때 내 마누라 배가 남산만 했으니까요."

시미즈 씨는 한 손으로 불룩 나온 배 흉내를 냅니다.

"온갖 일이 많았지만 12년을 참고 일했더니, 부주방장 바로 아랫자리까지 올라갔더라고요. 그거 정말 대단한 일입니다, 준이치 씨. 우리 가게에 요리사가 열다섯 명이나 있으니까 말입니다."

예, 그렇습니까? 하고 감탄하면서 니는 고개를 끄덕였습니다.

"애가 셋인데, 제일 큰놈은 사춘기가 되면서 아빠 보기를 무슨 벌레 보듯 하네요. 얼마 전까지만 해도 아빠 아빠 하면서 들러붙던 놈이 말입니다. 딸들은 아직 초등학교 2학년하고 유치원에 다니니까 목욕도 같이 하지만.

뭐 그런 건 별 상관없는 일이고. 아무튼 나도 어엿하게 내 가게를 차렸으면 하고 지친 몸을 파칭코로 쉬어 가면서 꿈을 키웠단 말입니다.

그런데 어느 날 갑자기 가게 사람들에게 건강 검진을 받으라고 해서 병원에 갔더니 온갖 검사를 다 하더라고요. 항문에다 시커먼 뱀 같은 관을 집어넣질 않나, 하얗고 좁은 통 속에 집어넣질 않나.

끝내는 마누라하고 둘이 상담실에 불려가서 암 선고를 받았습니다. 원래가 소심한 마누라는 그 자리에서 기절해 쓰러지고, 나도 머릿속이 백지장이 되는 것 같습니다. 암이란 거, 노인네들이나 걸리는 병 아닙니까. 평균 수명의 절반밖에 안 살았는데, 한 가족의 기둥인 내가 암이라니, 말도 안 되는 소리죠."

옳은 말입니다. 나 역시 지금 암 선고를 받는다면 그

런 생각을 할 테죠.

"한 일주일 동안은 아무 생각도 할 수가 없더라고요. 마누라하고 둘이서 어떻게든 극복해보자고 다짐하고, 수술 날짜가 잡히자 부주방장을 찾아 가서 의논을 하고 휴가를 냈습니다. 마누라도 나사 공장에서 아르바이트를 하고 있었기 때문에 어린 세 자식을 돌볼 수가 없어서 결국은 부모님과 친척들에게도 말을 했죠.

철없던 시절에는 불량배였지만 그때는 부모님이나 형도 나를 걱정해 주고 많이 도와 주었죠. 처음 수술은 성공적이었습니다. 다들 기뻐했죠. 내가 암에 걸린 덕분에 온 가족이 하나가 된 것 같아서 정말 기뻤습니다. 평화를 되찾았달까. 가게 사람들도 꽃다발과 만화책을 들고 면회를 와주었고요. 3주 정도 지나 퇴원을 하고 바로 일을 시작했습니다.

부주방장도 '시미즈 대단하다' 면서 아르바이트하는 언니들과 아줌마들, 홀을 담당하는 직원들까지 한 오십 명되는 사람들 앞에서 나를 치켜세워줬습니다. 나 그 때는 정말 영웅이 된 기분이었어요. 정말 온 세상이 다 내 것 같았죠. 사실은 수술 자리가 쿡쿡 쑤시고 아파서 똑바로 서 있기도 힘들었는데, 칭찬을 받으니까 기운이 펄펄 나서 열심히 일했습니다."

미즈호 씨도 겨우 안심했다는 듯이 고개를 끄덕거렸습니다.

"그런데 석 달 후 검진 때 간으로 전이된 암이 발견된 겁니다. B형인지 뭔지 하는 간염에도 감염돼 있었던 것 같고, 의사가 아니라서 자세한 것은 잘 모르겠지만 아무튼. 그래서 곧바로 입원해서 항암제 치료를 시작했습니다. 가족도 이제 다 나았다고 안심하고 있던 때라서 마른 하늘에서 날벼락이 떨어진 셈이었죠. 다들 제정신이 아니었습니다. 마누라는 또 쓰러졌고, 깨어나서도 말이 없어지고.

4인 병실에 있었는데, 예순이 넘은 할아버지들뿐이었습니다. 많게는 여든이 된 할아버지도 있었고. 간염과 당뇨로 입원했는데, 그들이 하는 얘기가 커튼 너머로 다 들리는 거예요. 밥이 맛이 없다, 마누라가 끓여주는 카페오레를 마시고 싶다, 의사들이 항상 바쁘고 불친절하다, 그런 불평이었죠. 그리고 마지막에는 암이 아니길 천만다행이다, 암에 걸리면 인생 끝장이니까, 나는 정말 운이 좋았다, 꼭 그런 말을 하더란 말입니다. 암을 싫어하는 거야 다 마찬가진데.

그런 말을 들으면 불끈 화가 솟는데 항암제 부작용으로 열이 나서 속도 메슥거리니까, 뭘 할 수가 있어야지요. 그저 꾹 참고 있는 수밖에. 그래서 난 늘 커튼을 꼭 닫고 텔레비전을 보는 척했습니다. 저런 인간들이 내가 겪는 고통을 어떻게 알랴 하고 속으로 분해하면서 말이죠.

눈치 없는 간호사가 가끔은 햇볕도 쐬어야 한다면서 커튼을 걷어버리는데, 괜한 친절이었죠.

그 다음 검진 때는 그림자가 더 커져 있더라고요. 더 이상 가게를 쉴 수가 없어서 의사 선생님에게 통원 치료를 받을 수 있게 해 달라고 부탁했습니다.

아침 8시 반에 병원에 갔다가, 속은 메슥거리고 열 때문에 온 몸이 부들부들 떨리는데도 가게로 갔습니다. 밤 11시까지 죽어라 일하고 집에 들어오면 그대로 뻗었죠.

마누라와 부모님, 형까지 걱정이 이만저만이 아니었습니다. 이거 먹어라, 저거 먹어라, 버섯 엑기스니 토

종벌꿀이니, 상어 연골, 장내 세균, 몸에 좋다는 것은 다 들이미는 거예요.

식욕이 없어서 죽겠는데 마누라가 하도 우는 소리를 하니까 어쩔 수 없이 아침저녁으로 먹었죠. 그런 걸 먹으면 다른 것은 통 입에 들어가지 않았습니다.

그 다음 검진에서 간동맥 색전술을 받기로 하고 다시 입원. 그 다음 검진 때는 레이저로 환부를 태우는 치료. 그걸 두 세 번은 했을 겁니다. 그 다음은 알코올 주입법. 나중에 생각해 보니까 2년 동안 열 번은 입원을 했더라고요.

그 무렵 아버지는 나를 봤다 하면 돈만 축내는 바보 자식이라고 욕을 해대지를 않나, 친척들은 점쟁이에게 다녀와 너희들 결혼이 애당초 잘못 되었다고 하지를 않나.

가게에서도 그렇게 믿었던 부주방장이 보험은 어떻게 유지해보겠지만, 아르바이트생 취급을 할 수 밖에 없다면서 파트타임으로 일하는 아줌마들 수준밖에 안 되는 시급 950엔을 줍디다. 그렇게 입원을 해댔으니 수입은 줄어들지, 그래도 부주방장만 믿고 있었는데 말입니다.

게다가 마누라는 마누라대로 사방에서 네가 정성이 부족해서 그렇다고 싫은 소리를 듣는데다 내 간병하랴 아이들 돌보랴 힘에 부쳤는지, 정신이 좀 이상해졌습니다.

밤에 사람 기척이 나서 거실에 나가 보니 마누라가 눈이 휑해 가지고 신문지를 한 장 한 장 죽죽 찢는 거예요. 너무 놀라서 다음 날 정신과로 데리고 갔습니다.

불안 신경증이라고 하더군요. 그리고 약을 먹어서 그런지 이부자리에 누워서 축 쳐져 있는 날이 많아지고, 전화벨만 울려도 깜짝깜짝 놀라면서 베개를 껴안고 부들부들 떱니다. 만원 버스를 타고 검진을 받으러 가다가 갑자기 기절해서 쓰러지는 바람에 구급차로 실려간 일도 있고요.

정말 어떻게 하면 좋을지 갈피를 못 잡겠습니다. 아이들도 괜히 쭈뼛거리고, 큰아들은 소리를 꽥꽥 지르기도 하고, 나도 짜증이 나면 아이들에게 화풀이를 하고……. 집안에서 식구들이 내지르는 소리가 끊이지 않습니다. 이래가지고야 살아 있는 의미가 있는 것인지, 정말 답답합니다.

 그런 우리 부부 마음도 모르고 형은 아이가 셋이나 되니까 열심히 공부해서 사법서사나 공인 중개사 자격증이라도 따라고 성화를 해댄단 말입니다. 애당초 머리도 나쁜데다 이런 상황에서, 아이가 셋에 불안신경증을 앓고 있는 마누라까지 있는데, 무슨 재주로 공부를 하라고 그러는지, 가게 일을 그만둔 것도 아닌데. 형이 돼 가지고, 자기 잣대로만 생각을 한다니까요.

 어머니도 똑 같아요. 늘 걱정하는 척하며 와서는 연금에서 고작 5천 엔이나 1만 엔을 떼어 주고 간다니까요. 할아버지한테 받은 유산이 있어서 꽤 돈이 많다는 거 다 알고 있는데, 그런데 기껏 5천 엔이 뭡니까, 1만 엔이 뭐냐고요.

 나한테는 돈 걱정 말고 어떻게든 건강을 회복하라고, 거기에만 주력하라고, 말은 그렇게 하면서도 뒤에 가서는, 마누라한테 네 남편한테 얼마나 돈이 많이 드는지 알기나 하느냐! 이런 때는 네가 더 분발해서 일을 해야지! 하고 핀잔을 준다니까요.

 어머니는 나를 위해서 도와주는 게 아니에요. 내가

일찍 죽었다고 슬퍼하고 싶지 않아서, 슬퍼하면 그런 자신이 불쌍하니까 힘을 내라고 그러는 거라고요.

 다른 사람들도 다 똑같아요. 아이가 셋이나 있는데 젊은 사람이 암에 걸려서 큰일이라고 엄청 걱정하는 것처럼 동정어린 눈빛으로 나를 보면서, 자기 멋대로 물건을 놓고 간다니까요. 그것도 어디서 받아 놓고 처치 곤란한 것들을. 그 때마다 고개를 꾸벅거려야 하는 내 심정이 어떤 줄 압니까? 요즘은 그런 일도 줄어들었지만, 가게 사람들도 그래요. 아르바이트 하는 젊은 여자들하고 와서는 히히덕거리다가 가게에서 팔다 남은 것을 두고 간다니까요. 이거 먹고 기운 내라면서 말이에요. 그럴 때마다 울화통이 터져서 막 소리를 지르고 싶다니까요. '내가 무슨 난민인 줄 알아!' 하고 말입니다."

 시미즈 씨의 마음의 외침에 그만 빨려들고 말았습니다.

 시미즈 씨는 여기까지 얘기하고는 상당히 지친 표정으로 리크라이닝 체어에 몸을 맡기고 잠시 침묵했습니다.

"암환자에게도 자존심과 인격이 있다고요. 그런데 마치 떠돌아다니는 들개 취급을 하니까. 어린 아이가 셋이나 있으니까 무슨 수든 써야 한다고. 이미 알고 있단 말입니다. 보험회사에도 가봤지만 다 거절당했어요. 나는 녀석들이 어른이 될 때까지 부양해야 할 책임이 있는데, 아무것도 남겨줄 수 없다고요. 허망해서 원……."

시미즈 씨는 담담하게 마음 속 얘기를 털어놓았습니다.

"하지만 어쩔 수가 없습니다. 내가 아무리 있는 힘을 다해도 나빠지는 것은 나빠진다는 말입니다. 예순이 돼서 암에 걸린 사람은 행운이죠. 자식들도 다 컸고, 얼마 전까지만 해도 50년 인생이었던 것을 생각하면, 쉰이 넘었으니 저 세상으로 가도 별 아쉬움이 없잖습니까. 그런데 병실에 있는 할아버지들은 그저 건강이 최고라면서, 오래 오래 살고 싶다는 소리만 해댄다니까요. 지금까지 살아 있는 것만으로도 고맙게 여겨야지.

왜 내가 하필 이런 병에 걸렸답니까. 젊었을 때 나쁜

짓만 했다고 그 벌을 받는 것일까요. 아니면 조상님이 화를 내시는 건가. 준이치 씨, 이 세상에는 부처님도 하느님도 없습니까?"

시미즈 씨의 첫 질문입니다. 그래도 명색이 정신과 의사라서 힘이 될 말은 없을까 하고 궁리해 봤습니다. 지금 이 사람에게는 도움이 필요하다는 것은 안타까울 정도로 잘 알고 있는데.

'인생이란 다 흘러가는 대로 흘러가는 것.' 괜히 움츠리고 있어봐야 아무 소용 없다. 미래 지향적으로 힘을 내자.' '아직도 수술할 수 있는 기회는 있으니까 희망을 잃지 마라.' '치료 한 번 못 받고 돌아가야 하는 환자도 있으니까, 그에 비하면 그나마 다행인 편'이란 말들이 떠올랐습니다.

하지만 이런 말은 경박하기 짝이 없어서 시미즈 씨의 고통을 덜어줄 수 있을 것 같지 않았습니다.

한심한 일이지만 나는 아무 할 말이 없어 샤프펜으로 수첩에다 '하느님', '부처님'이라고 불필요한 메모만 하고 있었습니다.

헤븐의 캐빈에 어색한 분위기가 흘렀습니다. 시미즈

씨도 실망스러운지 피곤한 기색으로 고개를 숙였습니다.

그 때입니다. 테라스의 슬라이딩 윈도를 살짝 열어 얼굴을 반쯤 내민 채 얘기를 듣고 있던 아이코가 불쑥 말을 꺼냈습니다.

"아저씨, 난 신이 있다고 생각해요. 잘은 모르겠지만······."

시미즈 씨는 눈을 치켜뜨고 아이코를 쳐다보았습니다.

"아저씨, 나도 암이에요. 검사할 때마다 입원하고, 좀 안 좋다 싶으면 링거 주사 맞아야 되고. 링거 주사를 맞으면 열이 올라서 맛있는 것도 먹을 수 없고, 침대에 얌전히 누워서 참아야 돼요. 그래서 꼼짝 않고 잠만 자요."

시미즈 씨가 리크라이닝 체어에서 몸을 앞으로 내밀었습니다.

"처음에는 신이 어딨다는 거야, 하고 생각했어요. 나도 친구들하고 줄넘기도 하고 싶고 외발 자전거도 타고 싶어요. 하지만 아버지 일 때문에 미국에 있을 때,

교회에서 목사님이 그랬어요. 불행은 행복으로 가는 길이다. 나 그 말, 지금은 믿어요. 이유는 잘 알 수 없지만."

시미즈 씨는 무슨 소린지 잘 모르겠다는 표정으로 아이코의 얼굴을 뚫어져라 쳐다보고 있습니다.

"아빠하고 엄마는 만날 싸움만 하고 동생만 귀여워했는데, 내가 병에 걸리니까 싸움도 안 하고 잘 대해 줘요. 동생도 자기가 제일 아끼는 미니카를 나한테 줬고. 그래서 난 병에 걸렸다고 나쁜 일만 있는 것은 아니라고 생각해요."

아이코는 그렇게 말하고 슬라이딩 도어 너머로 숨어 버렸습니다.

시미즈 씨는 미간을 찌푸린 채 말이 없습니다. 그러고는 조용히 의자에서 일어나 이렇게 말하고는 고개 숙여 인사를 하고 캐빈을 떠났습니다.

"준이치 씨, 괜한 소리를 늘어놔서 죄송했습니다. 내 말을 들어주고 나를 이해해 주는 사람이 하나도 없어서 그만……. 또 오겠습니다."

용무늬가 수놓여진 점퍼를 입은 등이 맥없이 좌우로

흔들렸습니다.

 나는 '세상을 위해, 타인을 위해'를 신조로 하고 있는 주제에 아무 도움을 주지 못한 자신이 한심하고 실망스러워 반짝반짝 빛나는 테이블에 푹 엎드리고 말았습니다.
 "대체 난 뭐야……."
 아이코의 말이 머리 속에서 거듭 메아리쳤습니다.

 그 후로는 시미즈 씨를 만나지 못했습니다.
 미즈호 씨가 편지를 건네러 갔을 때도 수술 후 면회 시간이 엄격하게 제한돼 있는 8층 B동의 집중 치료실로 옮겨진 상태여서 직접 만날 수는 없었습니다.
 간 수술은 위험 부담도 크고, 집도하는 의사에게는 고도의 기술이 요구됩니다. '간심요(肝心要; 가장 중요한 일)'란 말이 있듯이 간은 각종 물질을 대사하고 흡수하고 깨끗하게 하는 중요한 장기입니다. 게다가 다소 상태가 나빠져도 참고 견디며 열심히 일합니다. 그 탓에 황달, 복수 등의 자각증세가 나타났을 때는 이미 때가 늦어 손을 쓸 수가 없기 때문에 혼수상태로 빠지

거나 1,2주 지나 운명하는 것이 보통입니다.

그런 정신 상태로 버틸 수 있을까, 기력과 체력이 다하지는 않을까, 간 기능치는 충분할까, 여러 가지로 걱정이 이만저만이 아닙니다.

한 가지 희망이 있다면, 신의 손이라 불리는 유명의 니노미야 선생이 집도를 했다는 것입니다.

니노미야 선생은 환자에게 입으로는 매정하고 혹독한 소리를 하지만, 실은 환자 자신이 놓여 있는 현실이 그만한 각오를 필요로 하기 때문입니다. 살고자 하는 환자 자신의 굳은 의지 역시 위험한 수술에는 불가결한 것, 특히 암이라는 병과 함께 살아가려면 모든 것을 의사에게만 맡길 수는 없기 때문입니다.

니노미야 선생은 환자를 안심시키기 위해서 공연한 거짓말을 하지 않습니다. 몸도 마음도 맡길 수 있는 몇 안 되는 의사이니, 시미즈 씨도 믿는 마음으로 수술에 임했으리라 생각합니다.

니노미야 선생에게 넌지시 시미즈 씨의 상태를 물어보자,

"비밀을 지켜야 하니 자세한 것을 알려줄 수 없지만,

막상 배를 절개하고 보니 생각보다 많은 암 세포가 간 곳곳에 흩어져 있더군. 유감스럽지만 완치는 어려울 것 같아. 수술팀은 그냥 배를 덮어버리자고 하는데, 아직 젊은데다 자식이 셋이나 있다고 하니 어떻게든 할 수 있는 데까지는 해야 할 것 같아서, 외과의로서 납득할 수 있는 수준은 아니지만 떼어낼 수 있는 부분은 떼어내는 감량 수술을 했네."

라고 대답했습니다.

외과 수술은 상당한 위험이 따르기 때문에 완치의 가능성이 없을 때 보통 의사 같으면 수술을 하지 않습니다. 더구나 수술 예약이 두 달 치나 밀려 있는 니노미야 선생 같은 명의는 특히 그렇습니다.

"힘들겠지만 앞으로도 남아 있는 부분에 항암제나 간동맥 색전술 같은 내과적 치료를 계속해야 할 거야."

니노미야 선생은 맥없는 말투로 그렇게 말했습니다.

나는 병원에서 돌아오는 길 쓰쿠지 시장 옆에 자리한 고즈넉한 나미요케 신사에 들렀습니다. 그리고 시미즈 씨가 희망을 잃지 않고 암과 사이 좋게 살아갈 수 있기를 기도했습니다.

그 다음 날, 마치 내 기도에 대한 답이라도 되듯 U.S. POSTAL SERVICE의 스탬프가 찍힌 두툼한 봉투가 배달되었습니다.

제4장
겨울의 숨결

Dear 아이코, 미즈호 씨, 준이치 씨

슈지 씨가 큰 신세를 졌다더군요. 아내인 리사입니다.

편지 가게는 잘 되고 있나요? 환자들의 편지를 대필해 주는 일, 정말 좋은 아이디어라고 생각합니다. 게다가 요트의 캐빈을 본떠 만들다니, 정말 멋지네요. 꼭 보고 싶습니다.

슈지 씨에게 편지 가게 얘기를 듣고서, 이 곳 마우이의 병원에도 그런 쉼터가 있으면 얼마나 좋을까

하고 생각했습니다.

아이코, 미즈호 씨, 준이치 씨는 왜 내가 이런 편지를 썼는지 궁금해하고 있을 테죠. 편지의 내용은 일급비밀, 환자와 여러분밖에 모를 테니까요. 그 점에 대해서는 나중에 얘기할게요.

일본에서 돌아온 그에게서 편지를 건네받았을 때, 솔직히 너무 놀랐어요. 그의 남은 생명이 오래지 않다는 것 못지않게 충격이었습니다.

슈지 씨는 평소 책도 읽지 않는데 편지를 쓰다니, 생각도 할 수 없는 일이었으니까요. 늘 텔레비전이나 비디오를 끼고 느긋하게 지내는 사람이거든요. 그래도 결혼하기 전에는 항공 우편으로 수도 없이 많은 편지를 보내 주었는데 결혼하고부터는 한 번도 그런 일이 없었어요.

그런 그로부터 십몇 년만에 받은 편지. 하지만 편지 속에는 내가 알고 싶지 않은 슈지 씨의 과거도 많이 쓰여 있었습니다.

일본 여자 관광객과의 빈번한 육체 관계, 브라질

여자와 바람을 피운 일, 그리고 나와 결혼한 목적이 그린카드였다는 것 등……. 그를 진정 믿고 있었던 내게는 날벼락 같은 얘기들 뿐이라 마음이 평온치 않았습니다.

왜 죽음이 임박해서야 내게 이런 얘기를 털어놓은 것일까요.

일본계 미국인인 나로서는 도무지 알 수가 없었습니다. 소심하고 우유부단하고 허영기가 있고 경제 감각이 부족한 것 등 이해할 수 없는 부분이 많은 사람이지만, 슈지 씨는 늘 가정적인 좋은 남편, 켄트와 사라를 사랑하는 좋은 아빠였습니다.

그런데 왜 그가 그런 편지를 썼을까요.

역시 사람이란 죽음의 문턱에 서서는 과거에 저지른 잘못에 자책감을 느끼는 것일까요.

내게 죽음은 아직 먼 일이고, 하루하루가 켄트와 사라를 돌보고 레스토랑 일을 하느라 바쁜 나날, 슈지 씨처럼 죽음에 대해 깊게 생각할 여유가 없습니다.

그는 왜 죽음에 앞서 굳이 자신의 수치스런 과거

를 밝힌 것일까요. 평범한 미국 여자 같으면 장례식도 취소해버릴 만큼 화가 날 일이죠.

그의 배신은 신 앞에서 맹세한 신성한 관계를 순식간에 무너뜨릴 수도 있을 만큼 잔인한 일이니까요.

우리는 마우이의 카홀루이 유니온 교회에서 결혼식을 올렸습니다.

그 때 스티브 목사님은 이렇게 선언하셨죠.

"그대들은 건강할 때나 아플 때나 서로를 지키고 사랑하겠습니까?"

그와 나는 경건한 마음으로 "예스 아이 두"라고 대답하여 우리의 결의를 밝혔습니다.

반지를 교환하고, 키스를 나눌 때 슈지 씨가 너무도 긴장한 나머지 부르르 입술을 떨었던 것을 나는 지금도 기억하고 있어요.

하지만 그 때 이미 거짓말을 했던 셈이로군요.

마우이의 시골에서 유유사적하게 자란 나는 그 때나 지금이나 철이 없어서 사람은 의심의 대상이 아니라 믿음의 대상입니다. 그래서 아무런 의심 없이 슈지 씨가 하는 말을 있는 그대로 믿고 받아들였던 것이죠.

그 편지를 내게 건넬 때, 슈지 씨는 속이 다 시원하다는 듯 상큼한 미소를 띠고 있었습니다. 몸무게가 줄어들어 눈은 퀭하고, 상태가 별로 좋아 보이지 않았는데도 말이죠. 병은 당장이라도 그를 데려갈 것 같았습니다. 그런데도 그는 전에 없을 정도로 온화한 표정으로 우리를 대했고, 오래도록 찾아 헤맸던 것을 겨우 찾은 듯한, 혹은 고향으로 돌아온 듯 평화로운 분위기였습니다.

그런 그를 보고 있자니 신기하게도 증오, 분노, 불신 따위의 감정이 조금도 일지 않았습니다.

평소의 나 같았으면 태연하게 지나칠 수는 없는 일, 절대 용서하지 않았을 겁니다. 십수 년에 이르는 우리의 결혼 생활은 대체 뭐였느냐고, 그를 비난하고 추궁했겠죠.

성서에는 '하느님이 모든 것을 지우시되 때에 따

라 아름답게 하셨고'란 구절이 있는데, 혹 아시나요? 아마도 이 역시 '때'였나 봅니다. 나는 그가 이전보다 더욱 사랑스러웠습니다. 내 마음 속에서 한없는 사랑의 마음이 솟구쳤습니다.

남편의 갑작스러운 병에 휘둘려 황폐했던 내 마음은 바람에 흩날리듯 사라지고, 모든 것을 용서하고 남은 시간을 소중하게, 내 모든 것을 다하여 슈지 씨를 보살피고 사랑하겠노라는 결심만 남았습니다.

그는 죽음을 앞둔 인간의 마음 속에는 두 가지 감정밖에 없다고 말했습니다. 모든 것에 대한 감사와 모든 것에 대한 공감이 그것이죠.

한여름 계절풍이 휘몰아쳤던 그 날까지, 석 달 동안을 그는 그런 감정으로 살았습니다.

준이치 씨, 혹시 스마일 마크가 찍혀 있는 노란 티셔츠 아시나요? 그는 바로 그 스마일 자체였습니다.

그 전에는 함께 모여 저녁을 먹는 일이 드물었던 우리 가족인데, 그날부터 슈지 씨와 켄트와 사라, 저 이렇게 모두 모여 저녁을 먹었습니다.

슈지 씨의 제안으로 아울렛 가구점에 가서 중국식

둥근 회전 테이블을 사왔습니다. 내가 접시를 식탁에 올려놓으면 켄트와 사라는 신이 나서 돌립니다. 그러면 자동적으로 슈지 씨 앞에 접시가 놓였다가 사라와 켄트 앞으로 돌아갑니다. 식탁이 빙글빙글 돌 때마다 아이들은 신이 나서 조잘댑니다.

결혼하고 아이를 낳고서도 느껴보지 못한 가족의 단란한 한 때였습니다.

간혹 슈지 씨가 타코스*를 만들면, 다들 샐러드와 양상추, 멕시칸 칠리빈 등을 취향 대로 피에 싸서 둥근 식탁을 빙글빙글 돌려가면서 즐겁게 식사를 합니다. 타코스는 그가 처음 하와이를 여행했을 때 한 번 먹어보고는 감동했다는 추억의 요리입니다.

그렇게 평화로운 나날을 보내고 있자니 그의 병이 마우이에 불기 시작한 계절풍과 함께 어딘가로 날아가 버린 것은 아닐까, 이제 별 탈 없지 않을까 하는 엉뚱한 기대감이 부풀기도 했습니다.

실제로도 그는 비교적 활기차게 레스토랑 일을 거들기도 하고, 아이들이 유치원에서 돌아오면 함께 트램폴린에서 팡팡 뛰기도 하고 스노클링을 하며 놀

---

* 멕시코 요리-우리나라의 전병과 흡사함

아주었습니다. 쿠라에 있는 플라워 가든에 가서 잭슨 카멜레온을 가리키며 "이거 아빠가 길에서 발견해서 여기에다 기증한 거야. 대단하지"하면서 자랑을 늘어놓기도 했습니다.

켄트도 "우리 아빠 정말 대단하다. 이렇게 뿔이 있는 카멜레온을 맨손으로 잡았단 말이야? 와"하면서 기뻐했습니다. 사라도 망고를 주며 "아빠! 이거 먹을래요?"하고 권하기도 했습니다.

나는 이런 시간들이 정말 즐거웠습니다. 슈지 씨와 결혼하기를 정말 잘했다고 신에게 감사했습니다.

하지만 슈지 씨는 가끔 해답이 없는 어려운 문제를 껴안고 있는 사람처럼 심각한 표정을 짓는 일도 있었습니다.

어느날 밤, 켄트와 사라의 잠든 숨소리가 들리는 조용한 거실에서 있었던 일입니다.

"당신 무슨 고민 있어? 아니면 어디가 아파?" 하고 나는 물어보았습니다.

그는 내 말을 듣지 못한 것처럼 아무 대꾸가 없었습니다.

CD 플레이어에서는 독창곡이 고요하게 흐르고 있었습니다.

200년 전에 작곡되었는데 지금도 많은 사람들이 즐겨 부르는 〈Amazing Grace〉란 명곡이었습니다.

  그 아름다운 울림
  내게 두려움을 가르쳐준 것도 당신의 축복
  그리고 그 두려움에서 해방시켜주는 것도 당신의 축복
  수많은 위험과 고난과 유혹을 넘고 넘어
  우리들 지금 여기에 있으니
  지금까지 안전하게 살아온 것도 당신의 축복
  그 축복이 우리 가정도 이끌어 주나니
"그랬군……."

그렇게 중얼거린 슈지 씨의 표정이 점차 밝아졌습니다.

나는 그의 깊은 마음을 이해할 수 없어 물어보지는 못했지만, 그 곡을 들은 후로 심각한 표정을 짓는 일은 없어졌습니다.

또 어느 날입니다. 슈지 씨가 느닷없이 이런 말을 꺼냈습니다.

"카이트보딩(kitebording)을 해보고 싶은데."

나는 깜짝 놀랐습니다.

카이트보딩이 어떤 것인지는 카나하 비치에 갈 때마다 구경을 했기 때문에 알고 있었습니다. 윈드서핑과 비슷한, 연을 날려 그 바람의 힘을 이용하여 서핑을 하는 새로운 스포츠인데 복잡한 기술과 체력을 필요로 하는 위험한 스포츠입니다.

카나하에서는 전신주 높이까지 점프를 하는 젊은이들을 흔히 볼 수 있는데, 정말 놀라울 정도로 박력이 있습니다. 007 영화에서도 제임스 본드가 카이트보딩을 하면서 등장하는 장면이 있었던 것으로 기억하고 있습니다.

암으로 체력이 떨어진 그가 도전하기에는 무리한 스포츠입니다.

"그냥 서핑 계속하면 안 될까?"

그렇게 설득해보았지만 그의 굳은 결심은 흔들리지 않았습니다.

"나, 시작할 거야."

다음 날 아침, 그는 알로하 항공 아침 비행기를 타고 오아후 섬의 카이루아 비치로 여행을 떠났습니다.

카이루아 비치에서 카이트보딩의 세계 챔피언 로비 내시가 운영하는 〈네스 하와이〉란 카이트 스쿨에 들어가기 위해서였습니다.

로비는 카이트보딩계에서 늘 톱의 자리에 군림하는 챔피언으로 현역 프로로 활약하고 있을 뿐만 아니라, 자신을 브랜드로 내세워 세계를 돌아다니며 세일스 프로모션과 프로그램 개발에 바쁜 나날을 보내는 사람입니다. 그 세계에서는 그를 모르는 사람이 없을 정도로 챔피언 중의 챔피언입니다.

슈지 씨는 1주일짜리 체험 레슨 코스에 등록하고, 카하라에 사는 친구의 방갈로를 빌려 살면서 매일 아침 40분 거리의 카이루아에 다녔습니다.

처음 며칠 동안은 바람이 너무 약해 해변에서 연을 조정하는 법을 익혔다고 합니다. 면적 2평방미터, 다이닝 테이블 크기의 육상 연습용 연이었다고 하는데, 실제로 바람을 타고 올리자 엄청난 파워로 끌려갔다고 합니다. 허리띠에 하네스라고 하는 후크가 달려 있는데, 거기에 연줄을 걸고 온 몸의 체중을 실어 누르지 않으면 바람에 날려가 버릴 수도 있습니다.

게다가 1피트 정도의 짧은 핸들바를 까딱 잘못 조작하면 연이 제멋대로 날아, 버릇없는 세인트버나드를 산책시킬 때처럼 엉뚱한 일이 벌어진다고, 수화기 속에서 그가 흥분된 말투로 말했습니다.

슈지는 카이트보딩에 푹 빠진 듯했습니다.

레슨은 보통 하루에 2시간이면 끝나는데, 아침 레슨이 끝난 후에도 마치 새 장난감이 생긴 아이처럼 저녁이 되도록 해변에서 연을 조정하는 연습을 하는 모양이었습니다.

강사인 데이브에게 "우선은 해변에서 연 조정법을 완벽하게 익혀야지, 안 그러고 바다에 나가봐야 아무런 의미가 없다"는 말을 들었기 때문입니다.

실제로 체험 레슨을 위해 온 덩치 큰 백인이 데이브의 말을 무시하고 무작정 바다로 들어갔다가, 보드에 타지도 못한 채 연의 위력에 끌려 다니다가 결국은 해변에 내동댕이쳐져 어깨가 탈골되었다고 합니다.

"연 조정법은 천천히, 빈틈없이 습득해야 한다고. 초보자가 너무 적극적으로 나서도 안 되고. 바람과 파도를 잘 읽고, 상황을 정확하게 파악해서 스마트하게 가자고. OK? 슈지?"

그 일주일 동안 슈지 씨는 보드를 타고 바다에 나갔다가 돌아올 수 있을 정도로 기술을 습득했다고 합니다.

열심히 연습에 임하는 비쩍 마른 동양인이 로비의 눈에 들어, 그가 직접 나서서 레슨을 해준데다 초보자용 하우 투 비디오를 선물해 주었다고 합니다. 낮에는 바다에 나가 힘 닿는 데까지 연습을 하고 밤이면 친구의 방갈로에서 몇 번이나 비디오를 보면서 연구했노라고 슈지 씨는 자랑스럽게 말했습니다.

하지만 연을 조정하는 솜씨가 늘면서 건강은 날로 악화되었습니다. 그 무렵부터 식욕이 없어지면서 미

열이 계속되고, 등과 배에 미묘한 통증을 느끼기 시작했습니다.

오랜만에 마우이의 카훌루이 공항으로 돌아온 그는 오른쪽 어깨에는 카이트 백을 메고 왼쪽 팔에는 로비가 권한 스페셜 보드를 껴안고, 햇볕에 그은 가무잡잡한 얼굴에 만족한 미소를 띠고 위풍당당하게 에스컬레이터를 타고 내려왔습니다.

보지 못하는 사이 그는 훨씬 더 야위고, 눈은 움푹 꺼진데다 다크 서클까지 생겼지만 그 눈동자는 온화하면서도 생기발랄한 신비로운 빛을 띠고 있었습니다.

그 눈빛을 보고는 '괜찮아? 너무 무리하는 거 아니야?' 란 부정적인 질문을 하기가 망설여졌습니다.

마우이로 돌아온 슈지 씨는 눈에 띄게 상태가 악화되었습니다. 하루 종일 침대에 누워만 있는 날이 많아지고 의사에게 처방을 받은 진통제 없이는 견디기 힘들어하는 듯 보였습니다. 통증이 심한 등에는 접착식 진통제를 붙이기도 했습니다.

나는 하루하루 심해지는 그의 병세를 곁에서 지켜

보면서 그저 어쩔 줄 몰라 안타까워할 뿐이었습니다. 일본 암 센터의 선생님에게 전화를 걸어보았지만, 만족스러운 답변은 들을 수 없었습니다.

그 빙글빙글 돌아가는 중국식 식탁에 온 가족이 모여 웃으면서 저녁을 먹는 일은 이제 꿈도 꿀 수 없게 되었습니다.

어린 켄트는 유치원에서 그린, 멋들어진 뿔 세 개가 돋은 잭슨 카멜레온 그림을 들고 와 "아빠, 이것 봐요"라면서 슈지 씨의 힘을 북돋우려 애썼습니다. 사라도 "아빠, 등 아파? 내가 호 불어줄까?" 하면서 슈지 씨가 누워 있는 침대 곁으로 다가가곤 했습니다.

슈지 씨는 말을 하는 것조차 힘이 드는지, 대신 야윈 손으로 켄트와 사라의 머리를 쓰다듬어 주었습니다.

그 때 그가 내게 손짓했습니다.

그는 나와 켄트와 사라가 보는 앞에서 있는 힘을 다해 몸을 일으키고 소파에 앉았습니다.

"아빠는 지금 병과 싸우고 있는 거야. 항상 아픈 건

아니지만, 몸이 폐차처럼 돼버렸어. 그래서 너희들하고 재미있게 놀아주지 못할 수도 있고, 켄트의 그림을 칭찬하지 못할 수도 있고, 사라의 노래를 웃는 얼굴로 들어주지 못할 수도 있어. 하지만, 아빠의 진심은 그렇지 않아. 아빠는 너희들이 싫어서 그런 게 아니야. 병 때문에 나 자신을 컨트롤할 수 없게 됐을 뿐이야."

그의 눈에서 눈물이 마구 흘렀습니다.

"하지만 아빠는 너희들을 사랑해. 늘 소중하게 아끼고 있고. 그 마음은 변함없어. 그걸 잊지 마."

그리고 슈지 씨는 켄트와 사라를 두 무릎에 앉히고 꼭 껴안아 주었습니다.

그 후로 아이들이 아빠에게 무턱대고 다가가는 일은 없어졌습니다.

대신 사라는 조용하고 부드러운 느낌의 CD를 틀어놓았습니다. 아직은 어리지만 그녀 나름으로 생각해 낸 힐링이었겠죠.

켄트는 아빠와 함께 놀던 때를 그리워하면서 많은 그림을 그렸습니다. 함께 바비큐를 하는 그림, 플라워 가든을 산책하는 그림, 그 가운데서도 가장 색감이 뛰어나고 약동감에 넘치는 것은 뭐니뭐니해도 파랗고 커다란 고래 그림이었습니다.

슈지 씨는 열 때문에 충혈된 눈으로 그 그림을 바라보면서 말없이 미소지었습니다.

어느 날, 켄트가 내게 다가왔습니다.

또 일본 만화 영화나 디즈니 영화를 보여 달라고 하려나 보다고 생각했습니다.

그래서 나는 "왜, 뭐 하고 싶은 거 있어?" 하고 물어보았습니다.

그러자 켄트는 "나, 가고 싶은 데가 있어"라고 대답했습니다.

처음에는 괜히 하는 소리인 줄 알았는데, 몇 번이나 졸라서 "그럼 내일 점심 시간 지나고 데려다 줄게"라고 약속을 했습니다.

켄트는 신이 난 표정이었습니다. 그리고 부시럭거리며 크레파스와 그림도구를 챙기는 듯했습니다.

다음 날, 켄트가 가자고 한 곳은 카나하 파크 비치였습니다. 북동쪽에서 계절풍이 불어와 바다에는 하얀 파도가 일렁이고 있었습니다.

윈드서핑을 하는 사람들과 카이트보딩을 즐기는 사람들이 물을 만난 물고기들처럼 자유롭게 날아다녔습니다. 노을빛처럼 선명한 오렌지색 연, 하양과 파랑이 섞인 시원스런 연, 검정과 오렌지색이 섞인 약간 섬뜩한 연이 바다 위 30미터 정도 되는 곳에서 이리저리 움직이고, 보더들은 가느다란 줄을 조정하면서 점프를 계속하고 있습니다.

켄트는 유치원 용 백 팩에서 스케치북을 꺼내 크레파스로 그런 풍경을 그렸습니다.

마아레아 항구의 서쪽 바다로 해가 기울고 계절풍이 어언 잦아들 무렵 켄트는 "좋았어!" 하고는 만족스러운 표정으로 스케치북을 접었습니다.

우리는 할레아칼라 화산의 산허리인 마카와오에 살기 때문에 모든 방에서 북쪽과 남쪽 바다를 내다볼 수 있습니다. 아침 침대에서 눈을 뜨고 블라인드를 올리면 그 날의 바람과 파도의 세기를 금방 알 수 있습니다.

이 날 아침, 하얀 틀의 프랑스식 창문 한구석에 켄트의 작품 하나가 늘어났습니다.

웨스트마운틴에 걸린 커다란 무지개를 배경으로 카이트보더와 윈드서퍼들이 자유롭고 활기차게 바다 위를 나는, 스물여섯 가지 색을 모두 사용하여 색감이 풍부한 그림입니다. 바다 한 가운데서는 가족인 듯한 고래 네 마리가 유유하게 헤엄치고 있습니다.

슈지 씨는 그 그림을 한참이나 바라보았습니다.

슈지 씨는 그 후 입으로는 거의 아무것도 먹지 못했습니다.

영양 주사를 맞기 위해 마우이 메모리얼 병원에 다니기 시작했습니다. 두세 시간 동안 링거 주사를 맞고 나면 조금은 기운이 나는 듯 보였습니다.

카훌루이에서 돌아오는 길에 그는 항상 카나하에 들렀다 가고 싶다면서 차를 그 쪽으로 돌리게 했습니다. 그리고 카나하에 도착하면 차 안에 앉은 채로 자유롭게 공중을 나는 카이트보더들을 망연히 바라보았습니다.

멋들어진 점프를 보여 준 분홍색 연의 남자가 해변으로 올라오자 근육이 움틀거리는 몸을 흔들며 우리 쪽으로 다가왔습니다.

"잠깐 여기서 기다려."

슈지 씨는 그렇게 말하고는 차에서 내려 그를 향해 천천히 걸었습니다.

친절한 눈빛의 백인 남자 앞에 선 그는 오른손을 힘겹게 가슴 앞으로 들어올리고는 서퍼들끼리 하는 식으로 악수를 했습니다.

그 사람은 바로 카일루아에서 비디오 촬영을 위해 이 곳으로 온 로비 내시였습니다.

슈지 씨가 서툰 영어로 열심히 뭐라뭐라 말했습니다. 몇 주 사이에 몰라보게 야윈 슈지 씨의 모습에 놀라면서도 로비 씨는 그의 말을 진지하게 들어주었습니다.

슈지 씨의 뒷모습, 로비 씨의 심각한 눈빛, 이리저

리 점프하는 보더들과 바람 소리 속에서 시간이 조용히 흘렀습니다.

잠시 후 로비 씨는 알았다는 듯이 고개를 끄덕이고 실팍한 오른팔을 내밀어 비쩍 마른 슈지 씨의 어깨에 두르고는 힘껏 껴안았습니다.

슈지 씨는 만족한 표정으로 그와 헤어져 차로 돌아왔습니다.

그 때 로비 씨가 큰 소리로 외쳤습니다.

"때가 오면 바로 연락할 테니까. 알겠나?"

슈지 씨는 돌아보지 않은 채, 링거 주사 자국으로 얼룩덜룩한 오른손을 가볍에 들어올렸습니다.

매일 계절풍이 몰아쳤습니다. 슈지 씨의 침대에서도 일렁이는 하얀 파도가 고스란히 내다보였습니다. 하얀 파도는 힘차고 거칠고, 때로는 하얀 토끼 떼가 바다에서 한데 어울려 놀고 있는 듯이 보였습니다.

쇠약해져 마음대로 일어나지도 못하는 그가 어느 날 밤 침대에 누운 채 중얼거렸습니다.

"나 이제 빛 보기도 힘드려나……."

"빛?"

무슨 뜻인지 몰라 되물었지만, 힘겨운 표정의 그는 뭐라 대답하지 못하고 잠시 후 잠의 나락으로 떨어졌습니다.

그리고 사흘이 지난 오후였습니다.

할레아칼라 산 꼭대기에 걸린 옅은 구름이 마우이의 청명한 하늘 저쪽을 살짝 가리고 있던 때였습니다. 때문에 표고 1천5백미터에 있는 우리 집에서 북쪽 바다는 마치 안개가 낀 듯 잘 보이지 않았습니다.

메모리얼 병원에서 링거 주사를 맞고 집으로 돌아오자, 전화의 자동 응답기 램프가 반짝거리고 있었습니다. 그것을 본 슈지 씨는 드디어 올 것이 왔다는 듯 단추를 누르고 메시지를 들었습니다.

"한 건입니다."

느긋한 남자 목소리의 전자음이 흘러나왔습니다. 그는 급하다는 듯이 재생 단추를 눌렀습니다.

"나 로비. 준비는 됐나, 슈지? 카나하 비치 파크에서 기다리고 있겠네."

물을 달라고 해서 물잔을 건네자 그는 진통제를 꺼내 평소의 몇 배가 되는 양을 꿀꺽 삼켰습니다.

그러고는 차분한 목소리로,

"리사, 켄트하고 사라 데리러 가야지."

라고 말했습니다.

나는 긴장한 그의 모습과 무언가 각오를 다진 듯한 눈빛이 예사롭지 않아 말없이 고개만 끄덕이고는 그의 손을 잡고 차가 있는 곳으로 걸어갔습니다.

그가 충동적으로 산 검정색 포드 익스플로러를 타고, 하이쿠에 있는 학교에 들러 켄트와 사라를 태우자 그는 거의 외치듯 말했습니다.

"카나하 비치로 가. 빨리!"

나는 노스쇼어 해안을 따라 나 있는 한 줄기 도로를 전속력으로 질주했습니다.

후키퍼 비치, 레인츠, 마마스피시 하우스, 파이아 베이를 지나며 먼 바다를 바라보는 그의 눈빛이 생기발랄한 빛을 띠기 시작했습니다.

카나하에 부는 바람은 마우이의 거센 계절풍과는 달랐습니다. 발달한 고기압의 영향 때문인지 다소

약하고, 파도도 거의 일지 않았습니다.

"아주 좋아, 카일루아하고 거의 비슷한 바람이야!" 하고 그가 중얼거렸습니다.

그는 차의 문을 열고 검정 바탕에 해골 마크가 찍혀 있는 몬스터 밴 옆에 서 있는 로비에게 걸어갔습니다.

두 사람은 미소로 인사를 나누고 가볍게 서퍼 스타일로 악수를 나눴습니다. 로비는 아무 말 없이 차에서 새하얀 새 웨트 수트를 꺼내 슈지에게 건넸습니다. 그리고 동료들에게 뭐라고 신호를 보냈습니다.

대여섯 명의 건장한 남자들이 해변으로 뛰어갔습니다. 그리고 슈지는 천천히 웨트 수트를 입었습니다.

해변에는 세 종류의 카이트보드가 놓여 있었고, 로비의 동료들은 그 커다란 연을 조심스럽게 올렸습니다.

세 개의 분홍색 연이 5미터 간격으로 30미터 높이의 공중으로 떠올랐습니다. 동료들은 핸들 바를 꽉 잡고 뉴트럴 포지션으로 대기하고 있습니다.

로비가 슈지를 위해 마련해 준 웨트 수트가 약간 헐렁해서, 그의 모습이 마치 체험 다이빙을 하러 온 관광객 같았습니다.

로비와 슈지는 로비의 몬스터 밴에 올라탔습니다. 로비가 슈지에게 연을 조정하는 법을 손짓발짓 섞어 가며 설명했습니다.

잠시 후 강사인 데이브가 차창을 두드렸습니다.

"슈지, 오해하지 마. 나 보통 때는 이런 짓 안해. 하지만 오늘만큼은 슈지에게 필요할 것 같아서 구해 왔어. 절대 싸구려 아니야!"

데이브는 지포를 켜고 담배에 불을 붙여 슈지에게 건넸습니다.

그는 천천히 고개를 끄덕이고, 담배를 받아들고는 엄숙하게 연기를 빨아들였습니다. 그 모습이 미사를 드리며 포도주를 마시는 것처럼 성스럽게 보였습니다. 그는 향기로운 담배 연기에 싸여 로비의 설명을 들었습니다.

두 사람은 차에서 내려 연을 한 개씩 잡고 체중을

신고는 어떤 사이즈로 할지 꼼꼼하게 체크했습니다. 하네스를 연결하고 핸들 바를 잡아당기는 그의 야위고 창백한 등에 점차 힘이 실렸습니다.

그는 대, 중, 소 세 종류의 사이즈 중에서 제일 큰 '대'를 골랐습니다. 로비는 그의 눈을 빤히 쳐다보고는 고개를 옆으로 저었습니다.

그리고 손가락을 입에 넣고 휙휙 휘파람 소리를 내어 동료들에게 신호를 보냈습니다. 그러자 사방에서 휙 휙 소리가 나면서 바다 위로 신호가 이어졌습니다.

바다에 30미터 정도 너비의 길이 열렸습니다. 백 명에 가까운 보더들로 북적거리는 바다에서 정말 믿을 수 없는 일이 일어났습니다. 마치 무수한 신자를 거느리고 애굽을 탈출하려는 모세 앞에 열린 바닷길 같은 광경이었습니다.

백 명에 가까운 보더들이 바람을 타고 이동하여 슈지를 위한 길을 열어준 것입니다. 그것은 마치 슈지를 위해 마련된 천국으로 가는 계단 같았습니다.

로비가 중간 사이즈의 연을 골라 슈지의 몸에 고

정시켰습니다. 파도 치는 하얀 모래 사장에서 그는 말없이 보드에 올랐습니다. 그것은 그가 카일루아에 일주일 동안 있을 때 로비가 물려준, 하얀 바탕에 빨간색 십자가가 그려진 커스텀 보드였습니다.

연줄을 몸에 꽉 고정시킨 슈지가 우리를 불렀습니다. 그리고 쓰러져 있는 통나무를 가리키면서,

"저쪽 해변 끝에 서 있어." 라고 말했습니다.

사라와 켄트와 나는 예사롭지 않은 분위기에 압도되어 그저 고개만 끄덕였습니다.

'위험한 거 아니지?' 란 말이 입 속에서 맴돌았지만 꾹 참고 겨우 눈으로만 '힘 내' 라고 사인을 보내는 것이 우리가 할 수 있는 것의 전부였습니다. 그는 두 손으로 사라와 켄트의 손을 꼭 잡았습니다.

로비가 핸들바를 꽉 잡고 우리 쪽으로 천천히 걸어 왔습니다. 연줄은 30미터 상공에 떠 있는 연과 이어져 있었습니다.

로비는 핸들바를 조심스럽게 슈지에게 건네고 하네스라인을 고정시켰습니다.

"준비 됐어, 슈지? 엉뚱한 짓 하면 안 돼. 기회는

딱 한 번뿐이야. 마음 편히 가지고 다녀와. 반드시 해낼 수 있을 거야."

로비는 그렇게 슈지를 격려하고 "따라 와!"라고 하면서 제일 큰 연의 핸들바를 잡고 재빨리 좌우로 흔들면서 단숨에 점프를 하여 바다 위로 내려앉더니 바다 저 멀리로 미끄러졌습니다. 점프한 높이가 다른 보더의 두 배는 돼 보였습니다.

슈지가 우리 쪽을 향해 턱을 치켜들고 '저쪽 통나무'로 가라고 신호를 보내며 왼쪽 눈을 찡긋 감았습니다. 그것은 건강했던 시절에 종종 볼 수 있었던 슈지 특유의 윙크였습니다. 그러고는 연을 좌우로 천천히 흔들면서 바다를 향해 나아갔습니다.

그리고 카이트보딩을 하는 슈지의 용감한 모습.

나는 아이들의 손을 잡고 해변 끝에 있는 통나무로 달려갔습니다.

로비의 선도를 따라 아무도 방해하지 않는 바다에서 슈지는 마치 프로처럼 자유자재로 연과 보드를 조정했습니다. 높은 파도에서는 멋들어진 턴을 보여주었습니다.

분홍색의 커다란 연 두 개가 바다 위에 떠 있고, 그 30미터 뒤쪽에는 가느다란 연줄로 이어진 핸들바를 잡은 두 사람이 바다를 지키고 있습니다.

로비가 먼저 우리 앞으로 스포츠카처럼 매끄럽게 질주해 왔습니다. 그리고 바다 바로 위에 떠 있던 연이 하늘 높이 나는 순간 로비의 몸이 공중으로 붕 떠올랐습니다. 해변에 서 있는 야자나무 높이만큼이나 되는 빅 점프였습니다. 해변에서 구경하던 갤러리들이 "와우!" 하고 환호했습니다.

로비는 공중에서 슈지를 돌아보고는 따라오라고 신호를 보냈습니다.

슈지는 로비의 빅 점프에 자극을 받았는지, 맞바람을 맞고 달리면서 연을 한껏 부풀렸습니다.

다음 순간, 팽팽하게 부푼 연을 하늘 높이 띄우면서 절묘한 타이밍으로 하늘 높이 날아올랐습니다.

우리가 서 있는 자리에서 겨우 10미터 앞에서 펼쳐진 광경입니다. 우리는 고개를 쳐들고 그의 모습을 좇았습니다.

얼마나 오래 하늘을 날았는지, 새파란 하늘에 떠

있는 빨간 십자가 모양이 선명하게 보였습니다. 그리고 30미터 상공에서는 분홍색 연이 물방울을 튀기며 반짝반짝 빛났습니다.

한 시간 전만 해도 메모리얼 병원 침대에 축 늘어져 링거 주사를 맞고 있었던 사람입니다.

로비의 점프에 비하면 오분의 일에도 미치지 못하는 높이였지만, 그 아름다운 광경은 켄트와 사라의 눈에도 또렷하게 새겨졌겠지요.

그것이 그의 처음이자 마지막 점프였습니다.

그 직후 연 조정에 실패한 슈지는 그대로 바람이 불어오는쪽 물가로 떨어진데다 하네스가 벗겨지지 않아 바람에 부푼 연에 질질 끌려 해변으로 올라오고 말았습니다. 바로 앞에 커다란 통나무가 가로놓여 있어 그대로 끌려가다가는 부딪칠 것 같았습니다.

나는 그 순간 어쩔 바를 몰라 "꺅!" 하고 비명을 지르면서 아이들을 껴안았습니다.

그 때 이미 해변으로 올라와 있던 로비가 달려와, 왼손으로 슈지의 하네스를 꽉 잡고 오른손으로 자신의 하네스에서 나이프를 꺼내 쥐고는 가느다란 연줄을 뚝 끊었습니다. 연에서 바람이 빠지면서 슈지의 몸이 통나무 바로 앞에서 멈췄습니다.

우리는 정신없이 그에게 달려갔습니다.

그는 전신에 타박상을 입어 움직이지 못했지만 의식은 분명했습니다. 하얀색 웨트 수트를 입은 그는 뭐라 말할 수 없이 충족되고 온화한 미소를 띤 표정으로 눈부신 하늘의 저 높은 곳 어딘가를 올려다보고 있었습니다. 사라가 그의 두 손을 잡았습니다. 나도 그 옆에 무릎을 꿇고 앉아 젖은 머리칼을 쓰다듬었습니다.

뭐라고 말이 나오지 않았습니다.

그의 온화한 미소가 내 안에 있는 모든 걱정과 근심을 어딘가로 날려보낸 듯싶었습니다.

멀리서 사이렌 소리가 울렸습니다.

ICU로 실려간 그는 가벼운 타박상이란 진단을 받았습니다. 골절상을 입지 않아 너무 다행스러웠습니다. 의사는 모래가 아니라 물에 떨어졌기 때문에 충격이 덜해 큰 부상을 입지 않은 것이라고 했습니다.

그러나 격심한 운동을 한 그는 급속도로 쇠약해졌습니다. 병실 침대에 누워 있던 그가 손짓으로 나를 가까이 오라고 불렀습니다.

그는 평온한 얼굴로 내 손을 잡고, 힘없는 목소리로 말하기 시작했습니다. 그의 입에 귀를 갖다대지 않으면 들리지 않을 만큼 작은 목소리였습니다. 나는 두 손으로 그의 오른손을 꼭 잡고 한 마디도 놓치지 않으려고 신경을 곤두세웠습니다.

"리사……. 나, 아이코가 한 말, 이제야 알 것 같아. 신은 분명히 있어. 하늘로 치솟았을 때, 밝고 부드럽고 뭐라 형용할 수 없는 오렌지색 빛이 나를 감쌌어. 뭐라고 표현해야 좋을지, 말로는 설명할 수 없지만……. 그게 당신이 밥 먹기 전에 늘 기도하는 대상인 예수인지, 아이코가 말한 그리스도인지는 잘 모르겠지만, 그 빛은 아주 부드럽고 편안했어. 그 빛이 천국으로 나를 인도해 주겠지. 나, 이제 죽는 거 안 무서워. 그 빛 속으로 가는 거라면, 전혀 두려워할 필요가 없을 것 같아.

일본의 암 센터에서 선고를 받은 후에, 남은 시간

동안 당신과 아이들을 위해 내가 뭘 할 수 있을까 하고 얼마나 생각했는지 몰라. 지금 와서 거액의 생명보험에 들 수는 없는 일이고. 사업, 돈, 차, 그런 것도 언젠가는 썩어 없어질 것이고…….

결국 내가 죽어서도 남는 것은 '사람에게 준 것' 그뿐이야. 그리고 더욱 중요한 것은 '눈에 보이지 않는 것'이란 것을 깨달았어.

하지만 뭘 주려고 해도 내게 남은 시간이 너무 짧았어. 아이들하고 여행을 하든 뭘 하든……. 절망적이었지.

그 때 일본의 암 센터에서 천국에 가면 다시 만날 수 있다고 한 아이코의 말이 갑자기 떠올랐어. 당신도 비슷한 말을 한 적이 있지만, 천국에서 다시 당신과 사라와 켄트를 만날 수 있다면 그 때는 나는 어떻게 되든 상관없으니까, 무엇이든 다 주고, 자상하게, 모든 사랑을 다 쏟으리라고 생각했지.

하지만 나, 의심이 많잖아. 아이코가 한 말을 그대로 믿고 싶고, 믿으려고도 했지만, 마음대로 잘 되지 않았어.

솔직히. 그러지 못한 거지, 나란 인간이. 그래서 잘은 모르겠지만, 한 번 체험을 해보면 어떨까 하고 생각했던 거야."

나는 마음 속으로 더 이상 얘기하지 말라고 외쳤지만, 다른 한편으로는 하고 싶은 말을 모두 했으면 하고 바라기도 했습니다. 두 손으로 그의 오른손을 힘주어 꼭 잡자 메마른 목소리가 더욱 작아졌습니다.

"그 때였어, 카나하에서 하늘 높이 끌려올라가는 것처럼 빅 점프를 하는 카이트보더들을 본 게. 단박에 이거다, 하고 느꼈지.

그 다음은 당신이 아는 대로야.

카일루아에서 일주일을 지내면서 어느 정도 탈 수 있게 되었는데, 가게에서 우연히 로비와 마주쳤어. 과감하게 의논을 했지.

평생에 한 번이라도 좋으니까, 점프를 해보고 싶다고 말이야.

유대계 미국인인 그는 내 말을 있는 그대루 들어주었어. 물론, 암 얘기도 전부 했지.

로비가 이렇게 말하더군.

'예수에 대해서는 잘 모르겠다. 하지만 이 바람과 바다, 파도를 창조한 창조주는 반드시 있다, 당신이 믿든 안 믿든. 그 창조주를 만나고 싶어 한다면 협력하겠다. 촬영 때문에 자네가 사는 마우이에는 자주 가니까, 가장 좋은 날에 가장 좋은 연을 준비해서 빅점프를 해보자!'

면식도 없는 한낱 동양인을 위해서 그는 그 자리에서 바로 약속해주었어. 절대 거짓말할 사람이 아니라는 것을 그 성실한 분위기와 눈빛으로 금방 알 수 있었지.

자리가 비좁으리만큼 빼곡하게 진열돼 있는 빛나는 트로피나 그가 사용하는 세 대의 스포츠카, 그런 것하고는 아무 상관없이 그 눈빛에서 사소한 약속이라도 꼭 지키는 남자라는 것이 전해졌어.

그래서 나도 안심하고 마우이로 돌아와서 그 날이 오기만을 기다렸던 거지.

다만 헤어질 때 로비가 명심하라면서 한 말이 있었지.

'슈지, 바람을 우습게 여기지 마. 별 준비도 없이 멋대로 바다로 뛰어드는 사람들, 모두 혼쭐이 났어. 바위로 떨어져서 그대로 목숨을 잃은 사람도 있고. 그러니까 슈지 자네는 그냥 좋은 날이 오기를 얌전하게 기다리고 있으면 돼. 그 날이 오면 내가 연락할 테니까. 알았어? 그냥 얌전히 기다리라고. 하늘 높이 나는 자신의 모습을 상상하면서 말이야.'

나, 원래 누가 하지 말라고 하면 괜히 가만히 있지를 못하고 더 하고 싶어하는 못된 성격이잖아. 그런데 그 때는 달랐어.

침대에 누워 병과 싸우면서 매일 창밖을 바라보고 바다를 체크했어."

거기까지 얘기하자 슈지는 모든 에너지를 다 써버린 듯 눈을 감아버렸습니다. 내 마음 속에서는 이대로 죽 얘기를 듣고 싶다는 생각과 조금이라도 쉬어 지친 몸을 회복하게 하고 싶다는 생각이 어지럽게 교차했습니다.

밤 11시가 넘은 시각. 병원은 고요하고 병실의 커다란 창문으로 카훌루이의 야경과 간혹 점보제트기의 불빛이 밤하늘의 별빛 속으로 솟아오르는 것이 보였습니다.

그 때 그가 내 손을, 힘없는 손으로 쥔 듯한 느낌이 들었습니다. 힘겹게 입을 열고 무슨 말인가 하고 싶은 듯했습니다. 나는 그의 입가로 귀를 갖다대었습니다.

"리사, 그 편지……. 미안해, 용서해 주는 거야?"

나는 "응, 응. 물론"이라고 눈물을 글썽이며 중얼거렸습니다.

그는 안도하는 표정을 지으며,

"그 편지, 사실은 내가 쓴 거 아니야……. 편지 가게 준이치 씨가 대신 써 준 거야……. 당신하고 나 사이에 거짓이 있어서는 안 되니까, 그래서 말하는 거야. 대필이야……. 용서해 줘……."

나는 그저 하염없이 눈물을 흘리면서,

"괜찮아, 그런 건 아무 상관없어"라고 말하고 그의 가슴에 얼굴을 묻고 울음을 터뜨렸습니다.

그리고 그는 한 마디도 더 하지 못하고, 눈을 감은 채 그대로 우려하던 혼수 상태에 빠졌습니다. 당황

한 나는 응급벨만 계속 누르고 있었습니다.

그 후의 일은 거의 기억하지 못합니다.

간호사가 의사를 부르고, 위험한 상태라는 의사의 말에 언니에게 전화를 걸고……. 한참 후에 달려온 켄트와 사라가 그의 침대 옆에 침통한 표정을 지으며 매달려 있었고, 아직 어린 사라는 두 손 모아 뭐라고 열심히 기도했습니다.

카나하 바다에서 오렌지빛을 띤 커다란 아침 해가 떠오를 무렵, 모니터 화면에서 규칙적으로 파동을 그리던 초록색 한 줄기 선이 수평선처럼 똑바른 선으로 변했습니다.

그는 그렇게 하늘로 갔습니다.

그리고 시간이 얼마나 흘렀을까요.

장례를 치르고, 상속 문제로 변호사 사무실을 들락거리고, 아이들을 데려다 주고 데려 오고, 레스토랑에서 런치 타임의 일을 거들고, 해일처럼 밀려오는 현실의 수많은 일에 나는 정신없이 바빴습니다.

지금은 그의 죽음, 그와의 생활, 그가 전하고 싶어 했던 것들을 겨우 받아들이고 돌아볼 수 있는 여유가 생긴 것 같습니다.

그가 없는 마카오의 집을 팔고, 레스토랑에 가까운 와일레아로 이사했습니다. 그와의 추억으로 가득한 노스 해변을 눈물 없이는 볼 수 없었기 때문입니다.

침실이 두 개 있는 아담한 콘도미니엄입니다. 켄트가 그린 그 그림을 해변에서 주운 나무로 만든 액자에 담아 거실에 걸어두었습니다.

아이들은 어처구니없을 만큼 빨리 아빠의 죽음을 받아들이고, 천국에서 다시 만날 것이라고 굳게 믿고 있습니다.

아이들의 힘이란 정말 대단하더군요.

그에 비하면 나는······.

켄트는 어른이 되면 로비처럼 친절하고 위대한 카이트보더가 되겠노라고 하고, 사라는 아빠의 레스토랑에서 일하겠노라고 합니다.

내 마음은 솔직히, 계절풍에 흔들리는 야자나무처럼 이리저리 흔들리고 있습니다.

왜 조금만 더, 아니 10년, 아니 5년, 3년이라도 좋으니까 좀더 우리 곁에 오래 머물러 주지 않았을까

하고 말이죠.

 하지만, 그 역시 '때'였겠지요.

 사람은 아름다운 추억과 사랑받았던 기억이 있으면 어떻게든 괴로운 나날을 이겨내고 살아가는 존재인 듯합니다. 그와 함께 지낸 마지막 석 달 동안 깨우쳤습니다.

 준이치 씨, 아이코, 미즈호 씨, 편지가게는 비밀주의를 엄수한다고 들었지만, 그가 모든 얘기를 해주었기 때문에 고맙다는 한 마디 인사라도 하고 싶어 편지를 썼습니다.

 실은 '진심으로 고맙다'는 딱 한 마디만 쓰려고 했는데, 이렇게 길어지고 말았군요. 죄송합니다.

 하지만 헤븐에 있는 여러분의 은혜, 평생 잊지 못할 겁니다.

 그 편지도 소중하게 간직할 거고요. 그리고 아이코, 그에게 영원한 생명을 가르쳐 주어 고마워요.

>편지 가게 여러분에게 사랑을 담아
>리사

편지를 다 읽은 우리는 하와이에서 온 두툼한 에어메일을 테이블에 살며시 내려놓았습니다.

나나 미즈호 씨나 고개를 숙인 채 아무 말도 하지 못했습니다. 아이코만 유독 기뻐하는 표정입니다.

"미즈호 씨, 우리들이 하고 있는 일, 환자들에게 조금은 도움이 되는 모양이네요."

내가 망연히 말하자, 미즈호 씨는 코를 풀고 눈꺼풀을 깜박이며 말했습니다.

"물론이죠."

아이코도 밝은 목소리로 말했습니다.

"천국에서 나팔 소리가 울려퍼지고 있어요."

"나팔?"

나는 무슨 소린지 몰라 어리둥절했습니다.

미즈호 씨 역시 눈물을 머금은 눈에 기쁜 빛을 띠고는 아이코의 해맑은 눈을 쳐다보며 "응, 응" 하고 고개를 끄덕거렸습니다.

그 날은 저녁 시간에 예약된 손님이 없어 일찌감치 가게 문을 닫기로 했습니다. 아이코는 부모님과 동생이 기다리는 쓰키시마의 집으로 돌아가고, 미즈호 씨도 어머니를 간병하러 집으로 돌아갔습니다.

나 역시 나츠코와 하루미와 키요미가 기다리는 집으로 돌아가기 위해 힘껏 자전거 페달을 밟고 있습니다. 가는 도중에 나미요케 신사에 들러, 기둥문 앞에 서서 잠시 묵도를 하고 엄숙한 마음으로 경내로 들어섰습니다.

그 때 얼핏 눈에 띈 게시판에, 예쁜 글씨로 이렇게 쓰여 있는 메모지가 바람에 흔들리고 있었습니다.

당신들의 슬픔이 기쁨으로 화합니다.

사실일까요?

빙글 발길을 돌려 자전거에 올라타고는, 지는 해를 등지고 집을 향해 힘껏 페달을 밟았습니다.

옮긴이의 글

슈지 씨에게

밤새 함박눈이 소담스레 내렸습니다. 긴긴 겨울 동안 메마른 추위만 아우성을 치더니, 이제 봄을 맞으라고 풍성한 눈이 대지를 촉촉이 적셔주었나 봅니다.

당신의 죽음을 둘러싼 사연과, 그 사연을 정성스럽게 편지에 담아준 준이치 씨의 편지 가게 이야기를 우리말로 옮기면서, 많은 생각을 했습니다.

그리고 결국 인간이란 온갖 어려움을 참아내면서도 인생의 완성을 위해, 성취를 위해 더딘 걸음으로나마 한 걸음 한 걸음 앞으로 나아가는 존재란 것을 새삼 깨달았습니다.

 그 과정에는 젊은 날의 열정이 낳은 오류와 실수도 있고, 자기 능력을 믿을 수 없어 괴로워하는 후회와 낙담의 나날도 있고, 또 자신의 의지와는 무관하게 찾아드는 뜻하지 않은 병마와의 싸움도 있지만, 그래도 죽음 같은 우울의 나락에서 우리를 건져내는 것은 삶에 대한 한 자락 희망이라는 것을 말이죠.

 비록 그 희망이 죽음의 순간에 맞닥뜨려야 빛나는 것이고, 내 인생의 모든 에너지를 소진한 다음에야 비로소 믿음으로 다가오는 것이라 할지라도 말이죠. 또 한 가지 우리가 그 희망의 끈을 놓지 못하는 것은 사랑의 힘이라는 것도 알았습니다.

 연인이든 반려든 또는 자식이든, 누군가를 사랑한다 함은 끊임없이 불타올라야 하는 에너지를 생성하는 일이기에 삶을 포기할 수 없는 것이겠죠.

 죽음 앞에 선 당신을 더욱 꿋꿋하게 버티게 해 준 것이 바로 그런 사랑 아니었을까요.

 이제 당신은 한 통의 편지와 한 순간의 찬란했던 빛만을 남기고 저 세상으로 떠나가 버렸지만, 내가 만약 천국에서 당신을 만날 수 있다면 당신이 죽음 앞에서 보여 주었던 단호한 후회와 자기 수용의 미학을 배우겠습니다. 가족들에 대한 사랑으로 자신의 삶을 불태우고 마지막 힘으로 자신의 삶을 완성한 당신의 용기와 실천을 배우겠습니다. 그리고 편지 가게 준이치 씨의 어눌함과 순박함이 유난히 길고 힘들었던 이 겨울을 나는 내게 얼마나 큰 위안이었는지도 전해 드리죠.

  지금 세상은 온통 하얀 빛 속입니다.
  천국에서도 이런 빛이 빛나고 있겠죠.

                        함박눈 내린 날 아침 김난주

천국에서 그대를 만날 수 있다면

문고판 1쇄 인쇄 2008년 8월 15일
문고판 1쇄 발행 2008년 8월 30일

지은이 이이지마 나츠키
옮긴이 김난주
발행인 김청환
발행처 이너북

등 록 제 313-2004-000100 호
주 소 서울시 마포구 대흥동 257-5 2F
전 화 02-323-9477
팩 스 02-323-2074
E-mail: innerbook@naver.com

값 6,500원

한국어판 ⓒ이너북, 2008, Printed in Seoul, Korea
ISBN 978-89-91486-33-1　03830